大武士

무대사

철백 新무협 판타지 소설

FANTASTIC ORIENTAL HEROES

대무사 4

철백 新무협 판타지 소설

초판 1쇄 찍은 날 § 2016년 2월 16일
초판 1쇄 펴낸 날 § 2016년 2월 23일

지은이 § 철백
펴낸이 § 서경석

편집책임 § 한준만

펴낸곳 § 도서출판 청어람
등록번호 § 제387-1999-000006호
등록일자 § 1999. 5. 31
어람번호 § 제2-2637호

주소 § 경기도 부천시 원미구 부일로 483번길 40 서경B/D 3F (우) 14640
전화 § 032-656-4452 팩스 § 032-656-4453
http://www.chungeoram.com
E-mail § chungeorambook@daum.net

ISBN 979-11-04-90644-2 04810
ISBN 979-11-04-90570-4 (세트)

철백 新무협 판타지 소설
FANTASTIC ORIENTAL HEROES

大武士
대무사

4

도서출판 청람

目次

第一章
독심환유(讀心幻儒)

  이신이 유세화 등과 함께 운중장에 돌아온 것은 새벽의 여명이 어둠을 몰아내고 어슴푸레 주변을 밝히고 있을 때였다.

  돌아온 그들을 운중장에 남아 있던 신수연이 반겼다.

  그녀에게 한 손에 들고 있던 소유봉을 대충 짐 떠넘기듯 맡긴 뒤, 이신은 유세화를 그녀의 방으로 옮겨 놨다.

  방에 도착하자마자 그녀는 침상 위로 거의 기절하듯 쓰러졌다.

  뜻밖의 납치에 평소 이상으로 긴장한 탓도 컸지만, 강제로 마운기에 의해서 마혈을 점혈당한 게 생각보다 그녀의 몸에 적잖은 무리를 준 것이다.

금세 코 하며 잠든 그녀의 머리를 조심스레 쓰다듬으면서 이신은 조용히 생각에 잠겼다.

'정말로 오늘은 긴 하루였어.'

저녁 무렵 환혼빙인과의 만남부터 시작해서 흑월의 하수인 구양중과의 다툼, 그도 모자라서 전대의 거마인 뇌정마도와의 싸움까지…….

모두 하나같이 범상치 않은 일들뿐이었다.

물론 그 덕에 칠륜을 넘어서 그토록 염원하던 팔륜의 경지에 들 수 있었고, 진백이 속한 조직의 이름이 흑월이라는 귀중한 정보 역시 얻게 되었다.

결과적으로 보자면 다 잘된 일이었지만, 말 그대로 그건 어디까지나 결과만 놓고 봤을 때였다.

만에 하나 이신이 성화의 기운을 수습하는 데 조금만 더 늦었다면?

또 그가 한발 늦게 뇌정마도의 뒤를 쫓았다면?

만약이라고 가정해도 등골이 절로 오싹해진다. 운이 좋았다고밖에는 볼 수 없었다.

거기에 이번 일을 통해서 이신이 새삼 깨달은 사실이 있었다.

'이곳은 전혀 안전하지 않다.'

과거 금와방의 능위군이 자신이 없는 틈을 노려서 기습해 왔을 때도 그랬다.

운중장은 그 초라한 외견에 걸맞게 외부에서 누군가 공격해오면 이렇다 할 방어는커녕 거점으로서의 역할조차 수행하지 못했다.

지금이야 신수연이나 소유붕 같은 고수들이 그를 대신해서 주변을 경계하고 있다지만, 결코 근본적인 해결책이 될 수 없었다.

오늘처럼 누군가가 자리를 비워도 금세 빈틈이 생기지 않던가?

더욱이 마운기같은 신수연 등이 감당하기 어려운 고수의 등장 앞에서는 더욱 문제가 심각해졌다.

이건 결코 간과할 수 없는 사실이었다.

그가 유세화와 함께 지내기로 한 것부터가 배교의 잔당, 혹월에게 노려지고 있는 그녀의 안전을 도모하기 위해서가 아니었는가?

이래서야 더욱 그녀의 신변이 위험해지기만 할 뿐이니, 도리어 본말전도였다.

해서 고민 끝에 그날 아침 무렵, 이신은 신수연과 소유붕만 따로 불러서 말했다.

"짐 챙겨라."

뜬금없는 그의 말에 신수연과 소유붕은 별다른 이견 없이 고개를 끄덕였다.

마교의 무인이라는 그들의 입장상 정파인 유가장의 무인들과 어울리기 좀 껄끄러우니까 이곳에서 지내는 것일 뿐, 이신이 느낀 운중장의 문제점을 그들이라고 느끼지 못할 리 없었다.

거기다 겉으로만 보기엔 폐가가 따로 없는 데다 시내랑도 멀어서 내심 불편하다고 여기고 있었다.

"완전 여길 떠나는 겁니까?"

"그건 아니다."

원래 이신의 계획은 운중장을 완전히 허물고 완전히 새로운 건물을 짓는 것이었다.

한데 그것이 미루고 미루어져서 지금까지 온 것이다.

"기술자만 도착하면 이곳은 곧바로 공사에 들어간다. 문제는 그동안 어디에서 지내느냐 인데……."

그렇게 이신이 고민하고 있을 때, 눈을 초롱초롱하게 반짝이면서 소유붕이 손을 번쩍 들어 올렸다.

"주군, 제가 아주 좋은 곳을 알고 있습니다! 거기가 어디냐면……."

"기각."

"주, 주군……!"

하지만 이신은 그의 말이 채 끝나기도 전에 바로 퇴짜를 놓았다.

생각 이상으로 단호한 이신의 퇴짜에 소유붕은 바로 울상을 지었지만, 이신은 전혀 신경 쓰지 않았다.

어차피 소유붕의 의견이야 뻔했다.

분명 그가 속한 음월종(陰月宗), 속칭 색마종(色魔宗)이라고 불리는 그곳에서 소유하고 있는 무한의 여러 기루 중 한 곳의 별채를 통째로 빌리자는 것이리라.

애당초 그가 처음 위장 신분으로 내세운 것도 화월루라는 기루의 호화무사가 아녔던가.

하지만 다른 무엇보다 소유붕의 진정한 노림수는 따로 있을 터였다.

기루하면 뭐니 뭐니 해도 술과 여자가 빠질 수 없다.

자고로 고양이가 생선 가게를 그냥 지나칠 리 만무하듯 소유붕이 기루 근처에서 얌전히 지낼 턱이 없다. 위장이라 핑계를 대면 말릴 수도 없으니 물 만난 고기가 따로 없을 터.

'계집의 속살 냄새를 하루만 못 맡아도 경기를 일으키는 놈의 속셈이야 안 들어도 뻔하지.'

아무튼 그런 분내 진동하는 곳에 유세화를 데려갈 수는 없는 노릇이었다.

그렇게 소유붕의 의견이 단칼에 기각되자, 이번에는 신수연이 손을 들고 말했다.

"그냥 유가장으로 돌아가는 게 어떨까요?"

"그건 안 돼."

이번에도 이신은 주저 없이 의견을 기각했다.

애당초 유세화가 본가인 유가장을 내버려 두고 운중장으로 온 이유가 뭐겠는가. 다 그곳이 결코 안전하지 않다는 판단을 내렸기 때문이었다.

과거 대장로의 경우를 봐서 알 수 있듯이 예의 배교의 잔당, 흑월의 손길이 생각보다 더 깊은 곳까지 뻗쳐져 있는 상태였다.

그러므로 누가 배신자인지 확실히 알 수 없는 이상, 그곳으로 다시 돌아간다는 것은 제 발로 호랑이의 아가리에 머리를 들이미는 것만큼 어리석은 일이었다.

'뭔가 다른 대책이 필요해.'

애당초 소유붕이나 신수연은 이런 이야기를 나누기에 적합한 대상이 아니었다.

어디까지나 소유붕은 잠입 및 임기응변 쪽에, 그리고 신수연은 무력 쪽에 보다 특화되어 있었으니까.

보다 전문적으로 머리를 쓰는 쪽에 특화된 사람은 따로 있었다.

'후우, 역시 이런 건 오조장, 그 녀석에게 맡기는 게 제격

인데.'

이신이 혈영대 최강의 칼이라면, 오조장 단무린은 그 칼을 움직이는 두뇌와도 같은 존재였다.

그간 혈영대가 남들이 불가능하다고 여겨졌던 임무를 무사히 수행할 수 있었던 것도 이신의 무력뿐만 아니라 단무린의 지혜가 함께했기에 가능한 일이었다.

그러나 그는 장사평에서의 해산 이후로는 전혀 연락이 닿지 않고 있었다.

실제로 소유붕과 신수연과 처음 이야기를 나누었을 때도 단무린은 어찌 되었냐고 물어봤지만, 잘 모르겠다는 대답만 돌아왔을 뿐이다.

삼조장 문채희와 사조장 고영천의 경우에는 혈영대 이전에 그들이 속해 있던 조직으로 돌아가서 대충 행적을 알고 있다지만, 그들과 달리 단무린은 홀연히 종적을 감춰 버렸다고 한다.

공교롭게도 이신이 장사평을 떠난 바로 그날 이후에 말이다.

따로 이렇다 할 연락 수단마저 남기지 않았기 때문에 이제와서 그를 찾기란 막막했다.

해서 애석하기 그지없었다.

만일 지금 이 순간에 단무린이 옆에 있었다면, 충분히 상황에 걸맞은 대책이나 방안을 제시했을 터인데.

아쉽긴 하지만, 곧 그에 대한 미련을 떨쳐 버렸다.

없는 사람만 계속 찾아봤자 아무것도 해결되지 않고, 공연히 헛되이 시간만 낭비할 뿐이라는 걸 잘 알기 때문이다.

"주군은 뭐 좋은 생각 있으십니까?"

소유붕은 살짝 퉁명스러운 말투로 물었다.

좀 전에 자신의 의견이 묵살당한 것에 대한 서운함을 그리 표현하는 것이다.

이신은 그의 말을 아무렇지 않게 귓등으로 넘기면서 생각에 잠겼다.

'안전한 것은 물론이거니와, 잠시 동안 지내더라도 마음을 놓을 수 있는 장소여야 한다. 혹 나나 조장들이 없더라도 화매를 믿고 맡길 수 있는 사람들이 있는 곳이면 더 좋고.'

나름 까다로운 기준이었지만, 유세화의 안전을 생각하면 그조차 과하지 않다고 여겼다.

그렇게 한참 고민하고 있을 때였다.

"여어, 소악귀! 네 앞으로 서찰이 하나 도착했다!"

우렁찬 외침과 함께 장내에 나타난 사내.

장대한 체격에 투박한 인상의 그를 바라보면서 이신은 순간 저도 모르게 중얼거렸다.

"내가 믿을 수 있는 사람… 그래. 그러고 보니 그곳이 있었군."

"뭐? 갑자기 그게 무슨 뜽딴지같은 소리냐?"

사내, 장대호가 영문을 모르겠다는 얼굴로 고개를 갸웃거렸다.

그는 미처 깨닫지 못했다.

단지 서찰 하나 전해주러 왔을 뿐이지만, 그의 등장으로 말미암아 이신 일행이 안고 있던 고민이 말끔히 해결되었다는 사실을.

또한 이 시간부로 장가철방에 새로운 군식구가 여럿 생겨났다는 사실 역시도.

＊　　　　＊　　　　＊

그 시각.

간밤의 전투로 인해서 처참한 황무지가 된 관도.

그곳에 두 명의 인영이 환영처럼 나타났다.

한 명은 화려한 비단 장삼을 걸친 호리호리한 체형의 청년이었고, 그 뒤에 서 있는 한 명은 단단한 근육으로 이루어진 전신을 백의무복으로 가리고 있는 중년인이었다.

청년이 나른한 표정을 한 채 주위를 둘러보면서 말했다.

"최종적으로 마도의 행적이 끊긴 곳이 여기라고?"

"확실합니다. 뭣보다 바닥에 남아 있는 이 흔적들이 그 증거입니다."

과연 중년인이 가리킨 땅바닥에는 벼락 문양의 도흔이 선명하게 남겨져 있었다.

천하의 도법 가운데서 이런 흔적을 남길 수 있는 것은 오로지 마운기의 뇌정도뿐이었다.

그러나 정작 그 외에는 어디에도 마운기의 시체나 그의 흔적은 보이지 않았다.

한참을 뒤진 끝에야 반 이상 땅에 파묻혀져 있는 그의 애도, 녹슨 직배도가 모습을 드러냈다.

중년인은 무릎을 꿇고 공손하게 두 손으로 바치듯 청년에게 직배도를 건넸다.

받아든 직배도를 이리저리 살펴보는 것도 잠시, 주사로 물들인 듯한 새빨간 청년의 입술이 올라갔다.

"흐음. 재미있군. 마도가 패했단 말이지. 천하의 그 마도가?"

"으윽!"

청년의 미소와 함께 중년인은 난데없이 오른쪽 가슴팍을 꽉 부여 쥐었다.

이윽고 낯빛이 창백해지는 것도 모자라서 숨이 가빠지고 식은땀을 뻘뻘 흘려대기 시작했다.

청년의 신형에서 흘러나온 무형의 기파가 그를 제압하는 것도 모자라서 심장마저 움켜쥐었기 때문이다.

그렇게 심장이 터질 듯한 고통에 괴로워하는 중년인의 모습을 못 본 체하면서 청년은 들고 있던 녹슨 직배도를 바닥에다 휙 던져 버렸다.

그러고는 마치 더러운 오물이라도 만졌다는 양 품안에서 꺼낸 비단 손수건으로 양손을 정성껏 닦아댔다.

그렇게 양손으로 닦은 비단 손수건마저 바닥에 버린 다음에서야 청년은 다시 입을 열었다.

"마도의 실력이라면 능히 혈영사신 정도는 감당할 수 있을 것이다…… 그날 본좌에게 그리 진언한 건 좌호법 그대가 아니었나?"

"그, 그, 그렇습니… 크으윽!"

청년의 물음에 중년인, 좌호법은 제대로 대답을 다 잇지도 못했다.

더는 참을 수 없을 때쯤, 그를 고통스럽게 하던 무형의 기파가 소리 없이 거두어졌다.

새하얗던 좌호법의 얼굴에 금세 혈색이 돌아왔고, 그는 채 숨을 고를 새도 없이 바닥에 넙죽 엎드렸다.

그것도 모자라서 오체투지까지 한 채로 외쳤다.

"비, 비천한 몸에게 자, 자비를 베풀어주신 것에 참으로 가,

감사드리옵니다!"

"알았으면 됐다."

좌호법의 오체투지를 본체만체하면서 청년은 말했다.

"희한한 일이야. 지금까지 아무 문제없이 진행되는 계획들이 왜 그와 관련되기만 하면 모조리 실패하는 거지? 듣자하니 빙인의 수거도 실패했다고?"

"안 그래도 그 일로 우호법이 직접 나서겠다고 했습니다. 예의 그 빙인을 제작한 것도 우호법 본인이니 말입니다."

"본인의 허물을 직접 치우겠다 이건가. 뭐 좋을 대로 하라고 해. 다만……."

청년의 눈이 일순 실처럼 가늘어졌다.

이에 좌호법은 모공이 송연해지는 것을 느꼈다.

그런 가운데 청년의 말이 이어졌다.

"더 이상 실패하면… 알지?"

"무, 물론이옵니다!! 바, 반드시 성공하라고 단단히 이르겠나이다!"

"좋아. 이번에는 믿도록 하지. 그나저나 이제 반년인가?"

무슨 뜻인지 알 수 없는 청년의 말을 끝으로 두 사람의 신형은 눈 깜짝할 새 사라졌다.

워낙 바람처럼 왔다가 사라진 터라 누가 봤으면 좀 전의 일들이 사막 한가운데의 신기루라도 본 게 아닌가 의심할 정도였다.

그저 주인을 잃은 녹슨 직배도 한 자루만이 방금 전까지 이곳에 그들이 있었음을 홀로 증명할 따름이었다.

*   *   *

"허허허, 오랜만에 네 얼굴이나 한번 보자고 대호한테 심부름을 보내놨더니. 아예 이참에 데리고 살게 생겼구나."

장가철방에 갑작스레 들이닥친 이신 일행을 보자마자 장철만이 너털웃음과 함께 내뱉은 말이었다.

그리고 그게 새로 객식구를 받아들인 것에 대한 감상의 전부였다.

철방 일 외에는 별로 신경 쓰지 않는 장철만의 담백한 성품을 말해주는 것이기도 했지만, 뭣보다 그가 이신을 남으로 여기지 않는다는 증거기도 했다.

이에 이신은 면목 없다는 듯 고개를 숙이며 말했다.

"잠시 신세를 지겠습니다, 숙부님."

"잠시는 무슨. 얼마든지 더 있어도 상관없으니, 개의치 말거라."

누가 뭐라도 해도 이신은 그의 의제, 이극렬의 하나뿐인 양아들.

오히려 친조카처럼 여기던 그가 이럴 때 자신에게 선뜻 의지하려고 한다는 사실이 장철만은 내심 기꺼웠다.

"그러고 보니 숙부님과 이렇게 마주보고 대화한 것도 꽤 오랜만이군요."

한 달여 동안 이신은 금와방과의 생사결이니 뭐니에 매달리느라 미처 장가철방에 대해서는 신경 쓰지 못했다.

그 사실이 못내 마음에 걸렸는데, 장철만은 전혀 괘념치 말라면서 말했다.

"유가장의 성세가 어느 정도 회복된 탓에 덩달아 우리 철방의 일도 상당히 바빠졌느니라. 덕분에 최근에 제자를 한 명 더 들였지."

"또 다른 제자를요?"

이신이 의외라는 표정으로 반문했다.

장대호가 제자가 되기 전까지만 해도 인부를 따로 들일지언정, 자신의 기술을 쉬이 남에게 전수하지 않으려고 했던 장철만이다.

그런 고집스러운 장인인 그가 아무리 철방 일이 바빠졌다고 해서 새로이 제자를 들이다니.

"숙부님께서 제자로 삼을 정도라니. 퍽 재능이 뛰어난 모양이군요."

"아니, 그게 또 그렇지가 않다. 철 다루는 솜씨는 그저 그렇달까? 오히려 재능으로만 놓고 보자면 대호보다도 한참 뒤떨어지는 수준이지."

"······?"

스스로 새로 들인 제자의 재능이 떨어진다고 말하는 장철만의 모습에 사뭇 이해하기 어려웠다.

이신이 고개를 갸웃거리자 그 이유를 설명하듯 장철만은 말했다.

"다만 철을 다루는 일은 재능 이전에 긴 시간 동안 이어지는 고강도의 노동을 매일같이 버틸 수 있는 체력과 끈기가 뒷받침되지 않으면 안 된다. 대호에게 부족한 점이 바로 그 부분이지."

"아, 확실히······."

이신은 대번에 무슨 말인지 알겠다는 표정을 지었다.

장대호는 소싯적에 뒷골목의 소호, 즉 어린 여우라고 불릴 만큼 눈치가 빠르지만, 대신 여우처럼 일을 힘들지 않고 대충하려는 면도 있었다.

꽤 오랜 시간 동안 철방을 들락날락하면서 장대호의 일을 도왔음에도 정식으로 물건을 만들기 시작한 건 불과 최근의 일이라는 게 그 증거였다.

"거기다 보기보다 꽤 힘도 좋아서 무거운 재료 등을 나를 때마다 적잖은 도움이 되고 있지."

"한번 보고 싶군요."

"그래? 그렇다면 쇠뿔에 단 김에 뽑으라고 이참에 서로 통성명이라도 하겠느냐?"

"그러면 저야 좋지요."

이신은 장철만의 제안을 거부하지 않았다.

재능은 떨어지지만, 대신 성실근면하면서 힘이 좋은 장철만의 새로운 제자.

지금까지의 설명을 계속 듣고도 그가 누구인지 궁금하지 않다면 그게 더 이상한 일이리라.

그때였다.

장철만이 문득 의미심장한 미소를 지으면서 덧붙이듯 말한 것은.

"의외로 네가 잘 아는 사람일지도 모른다."

"제가 아는 사람이라고요?"

무슨 의미일까.

혹 장대호의 경우처럼 과거 무한 뒷골목을 누비던 시절의 그와 잘 아는 사이란 소리일까?

장철만은 콕 집어 그가 누구라고 밝히지는 않았다.

직접 이신의 눈으로 확인할 때까지의 비밀로 남겨두려는 것이다.

그렇게 소소한 의문 속에서 장철만은 이신을 데리고 작업장으로 향했다.

캉캉캉―!

뜨거운 연기와 쇠 두드리는 소음이 가득한 그곳에 도착하자마자, 입구로 등만 보인 채 묵묵히 달아오른 쇠를 두드리고 있는 한 청년의 모습이 한눈에 보였다.

그를 보자마자 이신은 순간 저도 모르게 눈이 휘둥그레졌다.

앞서의 설명만 들었을 때만 하더라도 꽤나 체격이 장대할 것이라고 여겼는데, 예상과 달리 그는 무척 왜소한 체격의 소유자였다.

거기다 철방 일을 하는 것치고 피부도 그리 그을리지 않은 편이었다. 오히려 여인처럼 새하얀 편에 속해서 지금처럼 철을 두드리기보다는 책상 위에 앉아서 붓을 놀리는 쪽이 훨씬 잘 어울려 보였다.

그런 유약한 외모와 달리 그리 넓지는 않았지만, 땀에 절어서 선명히 드러난 청년의 등은 실로 촘촘한 잔근육으로 짜여 있었다.

거기다 쇠를 두드리는 청년의 동작과 간격은 매번 일정했고, 그러는 와중에도 화로의 온도가 떨어지지 않게 세심하게 신경 쓰고 있었다.

그러한 세심하면서 꼼꼼한 일처리는 하루아침에 나올 수

있는 게 아니었다.

옆에서 장철만이 말했다.

"머리가 아주 좋은 친구야. 한 번도 이 일을 해본 적이 없다면서 몇 번 앉아서 가르치니 곧잘 배우더구나. 거기다 한 번 설명한 것을 두 번 세 번 다시 물어보는 일도 없고 말이지. 정말이지 대호 녀석과는 천지 차이야."

"그렇군요."

이신은 대충 장철만의 말에 대꾸하면서 청년의 움직임에 집중했다.

얼핏 봐서는 대충 쇠를 두드리는 것 같지만, 그의 동작은 이신의 눈에 매우 익었다.

그럴 수밖에 없었다.

그것은 염마종의 절학 중 하나인 팔열수라수의 초식을 응용한 동작이었으니까. 철을 두드리는 호흡 역시 팔열수라수의 그것과 일치했다.

당대 염마종주인 이신을 제외하고 이 정도까지 팔열수라수를 펼칠 줄 아는 이는 세상에 오직 단 한 명뿐이었다.

'설마……'

무심결에 고개를 옆으로 돌리자 장철만이 평소의 그답지 않게 살짝 장난기 어린 미소를 머금고 있었다.

그 미소는 마치 이신에게 '어떠냐. 제법 놀랐지?'라고 말하는 듯했다.

그제야 앞서 장철만이 했던 말이나 행동이 이해되는 순간이었다.

'어쩐지 평소답게 숨기시더라니.'

소리 없이 쓰게 웃은 뒤, 이신은 천천히 청년을 향해서 걸음을 옮겼다.

그러자 내내 등만 보이던 청년이 잠시 일손을 놓더니 불쑥 입을 열었다.

"생각보다 늦으셨군요, 형님."

뜬금없는 청년의 말에 이신은 피식 웃었다.

"누가 누구에게 할 소리인지 모르겠구나. 그러는 너야말로 여기서 대체 뭘 하고 있는 거냐?"

"보시다시피 바빠서 여기까지 올 겨를조차 없는 형님을 대신해서 이곳의 일손을 좀 거들고 있었지요. 생각보다 철방 일이란 게 쉬운 게 아니더군요. 덕분에 많은 걸 배웠습니다."

그러면서 처음으로 고개를 뒤로 돌렸는데, 누가 봐도 서원이나 학당에서 붓과 서책을 들고 있어야 마땅한 문사풍 외모의 청년이 그곳에 있었다.

소년의 티를 갓 벗은 앳된 외모와 달리 살짝 날카롭게 치켜올라간 고집스러운 눈매와 일자로 꼭 다문 입이 말해주듯 청년의 정체는 경문이나 읊어대는 학사 따위가 아니었다.

애당초 학사가 무거운 망치를 들고 쇠를 두드리는 일이 가능할 턱이 없었다.

이신은 청년, 혈영대의 오조장 단무린을 바라보면서 말했다.

"그 후로 곧장 내 뒤를 따라온 것이냐?"

"정확히는 마교에 입문하기 전까지 형님의 행적을 철저히 되짚어갔지요. 그러다 보니 자연스레 이곳까지 발길이 닿았습니다."

생각지 못한 그의 대답에 이신은 소리 없이 혀를 내둘렀다.

단무린의 말을 굳이 정리해 보자면 독자적으로 이신의 정보를 모으는 것도 모자라서 이미 이신과 장철만의 관계까지도 완전히 파악했다는 소리 아닌가?

'여전히 그런 쪽으로 재주가 뛰어나군.'

혈영대 시절에도 그랬다. 내색하지 않아도 입안의 혀처럼 굴었던 그였으니까. 심지어 그의 능력은 피아(彼我)를 가리지 않았다.

이와 같이 많은 싸움에서 혈영대에 확실한 승기(勝機)를 제공한 그에게 정파의 무인들은 경외를 담아 이렇게 불렀다.

─독심환유(讀心幻儒).

환마종의 모든 환술을 스물도 채 안 된 나이에 대성한 희대의 천재.

독자적인 환술 체계를 창안하고 일가를 이룬 이 환술 대가의 별호는 원래 독심환유가 아니었다.

원래 탈명마환(奪命魔幻)이었던 별호가 동심회의 총군사이자 무림맹의 신안각주 제갈용연과의 연이은 전략 싸움에서 연승을 거둔 끝에 그렇게 바뀐 것이었다.

마교의, 아니, 강호무림 희대의 전략가.

그게 바로 혈영대의 오조장, 단무린의 진면목이었다.

지금도 그는 이신의 생각을 귀신같이 읽어냈다.

"슬슬 제 도움이 필요할 때지요?"

알아서 가려운 곳을 살살 긁어주는 그의 말에 이신의 입꼬리가 올라갔다.

"준비한 이야기를 들어볼까?"

그러자 단무린이 희미하게 웃었다. 역시 이신은 볼 때마다 같은 생각을 들게 하는 사내였다.

'역시 형님뿐이야. 내 평생을 바칠 주군은.'

단지 도움이 필요하지 않냐고 했을 뿐인데, 벌써 자신이 할 말을 미리 꿰뚫어 보다니.

상대의 마음을 훤히 들여다본 것처럼 읽어 독심환유라 불리는 그였다. 그런 자신의 심중을 이토록 대수롭지 않게 꿰뚫는 사람은 이신이 유일했다. 그렇기에 기꺼이 그에게 충성을 맹세할 수 있었던 것이다.

[지금 무림맹과 천사련 양 측에서 형님에 관해서 조사 중이더군요.]

단무린의 전음에 이신의 눈빛이 깊어졌다.

[이미 예상한 바다.]

이미 맹호대주 팽한성 앞에서 실력의 일부를 드러낸 마당이었다. 더욱이 환혼당의 당주 구양중도 현재 행방불명인 상태.

그 모든 일의 중심에 서 있는 이신에 대한 조사에 나서리란 건 어느 정도 예상한 바였다.

그리고 혈영대의 전략가답게 단무린은 거기에서 한발 더 나아갔다.

[물론 이미 제가 조치를 취해뒀습니다. 물론 제갈용연 그자라면 금세 알아차릴 정도의 허접한 장난에 불과하지만, 문제는 무림맹 총단에 있는 그에게까지 형님의 정보가 올라가려면 꽤 오랜 시간이 걸린다는 사실이죠.]

무림맹의 신안각의 정보 체계가 무림 전역에 뻗쳐 있다는 건 모두가 다 알고 있는 사실이다.

오죽하면 신안각주 제갈용연은 앉은 자리서 전 무림의 정세를 한눈에 파악하고 있다고 할까.

하나 그렇다고 해서 신안각의 정보 체계가 완전무결하다고 볼 수 없었다.

엄연히 신안각은 조직이며, 조직은 유한한 인력에 의해서 돌아가게 마련이다. 제아무리 유능한 인재들이 모인 조직이라 해도 분명 한계가 있다.

그리고 모든 일에는 정해진 순서와 절차가 있는 법이다. 신안각에 정보가 취합되기 전에 우선 각 지부에서 정보를 중요도에 따라서 분류하고 거르는 과정을 꼭 거치게 되는 것이다.

이러한 과정에서 손실되는 시간이 생각보다 짧지 않은데, 단무린은 놀랍게도 그것에 손을 댄 것이다. 더욱이 외인에 불과한 그가 무림맹의 정보 체계를 어지럽혔다는 것은 정말 쉽지 않은 일이기에 이신은 내심 놀랐다.

'그동안 나를 위해 정말 많은 준비를 했구나.'

그토록 자신에게 헌신적인 그에게 고마운 마음이 들었다.

그런 이신의 마음을 읽은 단무린이 장난스럽게 부모에게 칭찬받은 아이처럼 우쭐한 표정을 지어 보이자 이신이 피식 웃었다.

단무린이 마주 웃으며 전음을 이었다.

[아무튼 그래서 당장은 제갈용연의 수중에 형님에 대한 정보가 들어갈까 하는 걱정은 접으셔도 될 겁니다.]

단무린의 자신만만한 눈빛을 본 이신이 고개를 끄덕였다.

다른 누구도 아닌 단무린의 말이었다. 어떤 사지에서도 그의 말을 따르면 무사히 빠져나올 수 있었다. 그러니 그에 대한 이신의 믿음은 가히 절대적이라 해도 과언이 아니었다.

[이젠 제갈용연이 제 장난을 눈치챘더라도 상관없습니다. 이미 시간은 벌만큼 벌었거든요.]

사실 장난이란 표현을 사용했지만 그것은 오직 정마대전 당시에 제갈용연과 팽팽하게 지략을 겨루었던 단무린이기에 할 수 있는, 다소 수준 높은 장난이었다.

아마 제갈용연이 이 사실을 안다면 꽤나 이를 갈아댈 터이다.

[수고했다.]

이신의 치하에 단무린이 어깨를 으쓱였다.

[어떻게 얻은 형님의 믿음인데요.]

다음 순간 단무린이 얼굴에서 장난기를 지워내고 진지한 눈빛을 보냈다. 이제 본론을 말하겠다는 눈빛이었다.

[아무튼 어떤 상황인지는 대충 알겠지만, 좀 더 자세한 설명과 정보가 필요합니다.]

마교를 떠나서 모든 걸 포기하고 고향으로 돌아온 이신.

그런 그가 이렇듯 눈에 띄게 움직이는 이유가 뭔지 단무린은 내심 궁금했다.

개인적으로 알아본 유가장의 구성원에 대한 정보도 그의

궁금증을 부추기는 데 한몫했다.

　이에 이신은 천천히 그동안의 일들을 하나둘씩 설명하기
시작했다.

第二章
분근착골(分筋錯骨)

그날 밤.

이신 일행이 머물기로 한 별채의 한 구석진 방에는 밤늦도록 여전히 불이 켜져 있었다.

놀랍게도 그곳에는 이신을 제외한 혈영대 조장 세 명이 모두 모여 있었다.

제일 처음 입을 연 것은 이조장 소유붕이었다.

"설마 네가 여기에 있었을 줄이야. 변함없이 남들 뒤통수치길 좋아하는군."

그의 말에 맞은편의 청년, 오조장 단무린은 웃음기 하나 없이 말했다.

"별로 대답해야 할 이유를 못 느낄 만큼 유치한 소리군. 그러는 너야말로 여전히 아무 여자들에게나 껄떡거리나?"

"후후후, 내 영혼의 공허함을 완전히 채워줄 수 있는 평생의 반려를 찾는 과정이니까 너무 그렇게 편견 어린 시선으로 보지 말라고."

능글맞게 웃으면서 하는 소유붕의 헛소리에 단무린은 조소를 머금었다.

"영혼, 그리고 평생의 반려? 근래에 들어본 말 중에서 가장 웃기는 말들이군."

"거 아직 여자랑 사귄 적도 없는 놈이 뭘 안다고 그러는 거야."

"이 여자 저 여자 막 건드리는 파렴치한보단 낫지."

"이놈이……!"

이제 갓 소년티를 벗은 단무린과 달리 이십대 중반의 소유붕. 겉으로만 봐도 엄연히 나이가 더 많은 쪽은 소유붕이었다.

그러나 단무린은 이신을 대할 때와 달리 그에게 가차 없이 반말과 독설을 툭툭 내뱉었고, 소유붕도 그에 관해서 별반 신경 쓰지 않는 눈치였다.

혈영대 시절부터 쭉 그래온 사이이기도 했지만, 근본적으로 단무린 자체가 자신이 인정한 사람, 즉 이신 외에는 기본적으로 반말을 쓰기 때문이었다.

그렇게 몇 번 티격태격 말을 오가다가 한쪽에 조용히 앉아 있던 신수연이 입을 열었다.

"주군은 어디 갔지?"

신수연의 물음에 단무린이 소유붕과의 대화를 멈추고 답했다.

"형님은 따로 할 일이 있으셔서 잠시 자리를 비웠소, 검후."

소유붕과 달리 신수연에게는 그나마 반존대를 하는 단무린이었다.

하지만 그의 친절한 대답에도 신수연은 그리 마음에 안 든다는 눈치였다.

신수연은 원래부터 빙빙 둘러서 말하는 걸 싫어하는 성격, 오히려 직설적으로 자신의 생각을 표현하는 편이다.

그건 이어지는 질문에서도 여실히 드러났다.

"우리가 이렇게 모인 이유는?"

단순히 오랜만에 만나서 반가우니까 밀린 이야기라도 나눈다?

그녀가 아는 한, 단무린은 쓸데없이 그런 식의 자리를 가지는 것을 누구보다 가장 싫어하는 자였다.

필시 뭔가 조장들끼리 해야 할 말이 있기에 굳이 이런 자리를 마련한 것이리라.

　소유붕 또한 그리 생각했다

　"그래, 무슨 일인지나 빨리 말해. 괜히 또 있어 보이려고 빙빙 돌려 말하지 말라고."

　"제비, 네놈이 여자 하나 제대로 지키지 못한 것보다야 낫지."

　"뭣?"

　여자를 지키지 못했다.

　그건 마운기로부터 유세화가 납치되는 것을 막지 못했음을 꼬집어서 이야기하는 것이었다.

　단무린의 뼈 있는 비꼼에 소유붕의 눈썹이 순간 치켜 올라갔다.

　평소 남들이 무슨 말을 해도 그저 유들유들하게 웃으면서 구렁이 담 넘듯 슬그머니 흘려듣던 모습과 달리 사뭇 다른 반응이었다.

　단무린이 이신의 두뇌라면, 소유붕은 그의 오른팔.

　그런 그가 단무린에게 대놓고 잘못을 지적받았으니 기분이 썩 좋을 리가 없었다.

　이어서 한옆에 말없이 앉아 있던 신수연에게 독설의 화살이 돌아갔다.

　"검후, 당신도 그리 잘한 게 없소."

"……!"

단무린의 말에 신수연은 날카롭게 그를 쏘아봤다.

하나 얼음장처럼 싸늘한 그녀의 눈빛에도 단무린은 한 치의 흔들림 없이 말을 이어나갔다.

"형님께서 당신한테 부탁한 것은 어디까지나 유 소저의 호위였소."

이신이 그녀에게 유세화의 호위를 맡긴 것은 간단한 이유였다.

바로 단순히 무력만 놓고 봤을 때, 제일 의지할 수 있는 사람이 그녀였기 때문이다.

"한데 전날 당신은 어찌 행동했소? 그래서 어떤 결과가 일어났소?"

"……."

연이은 단무린의 물음 앞에 신수연은 일순 꿀 먹은 벙어리가 되고 말았다.

확실히 그녀는 이신이 맡긴 임무를 멋대로 이조장 소유붕에게 대충 떠넘겼다.

만약 소유붕이 아닌 신수연이 계속 유세화의 옆에 붙어 있었다면?

과연 이번처럼 유세화가 그리 허무하게 마운기에게 납치당하는 일이 벌어졌을까?

대답은 '아니다'였다.

적어도 그녀가 있었다면, 이신이 운중장으로 돌아오기 전까지 마운기의 발을 묶어두고도 남았을 것이다. 이신을 제외하고 소속된 마종의 종주 자리를 이어받은 이는 그녀가 유일했으니까.

아무튼 이유야 어찌 되었든 간에 멋대로 자신의 자리를 벗어난 그녀의 행동이 경솔했다는 건 결코 부정할 수 없는 사실이었다.

단무린은 칼로 찔러도 피 한 방울 안 날 것 같은 무표정한 얼굴로 신수연과 소유봉을 향해서 동시에 말했다.

"다들 전쟁이 끝났다고 헤이해지기라도 한 것인가? 누구보다 솔선수범해서 형님을 옆에서 보필해야 할 당신들이 형님의 일에 도움이 되기는커녕 도리어 방해만 되다니. 정말이지 한심하기 짝이 없군."

"……!"

직설적인 단무린의 독설 앞에 신수연은 아무 말 없이 그저 아랫입술만 깨물 따름이었고, 소유봉은 주먹을 꽉 쥔 채로 파르르 떨어댔다.

자고로 세상을 살다보면 자존심을 내세워야 할 때와 아닐 때가 존재하게 마련인데, 지금의 상황에서는 자존심을 내세워서는 안 되었다.

비록 단무린의 지적이 직설적이고 뼈아플지언정 그들 스스로도 내심 후회하면서 반성하고 있던 부분이었다.

수하로서 주군인 이신의 명을 제대로 수행하지 못했다.

이는 필시 반성하고, 또 반성해서 다음에는 결코 이런 일이 없도록 스스로를 채찍질해도 모자란 일이었다.

그렇기에 단무린이 다시 입을 열기 전까지 장내의 침묵은 꽤 오랜 시간 동안 이어졌다.

"뭐 당신들이라고 그러고 싶어서 그런 게 아닐 테지. 하지만 이제부턴 조심하라고. 행여 당신들의 실수로 형님의 발목이라도 붙잡는다면, 그땐 내가 가만있지 않을 테니까."

단무린의 말은 단순히 빈말이 아니었다.

그걸 증명하듯 그의 주변으로 돌연 검은 액체와 같은 것이 솟아났다.

액체의 정체는 다름 아닌 단무린의 그림자였다.

마치 살아 있는 생물처럼 알아서 형체를 멋대로 불려나가던 그림자는 이내 온갖 종류의 짐승의 무리로 바뀌었다.

진야환마공(眞夜幻魔功).

이 세상의 어둠을 제 마음대로 다룰 수 있는, 환술이되 환술의 영역을 넘어선 단무린만의 절학이다.

으르르르릉—!

그림자의 야수들은 위협적인 울음소리와 함께 당장이라도

신수연과 소유붕의 목을 물어뜯을 기세였다.

그 노골적인 위협에 그때까지 묵묵히 입 다물고 있던 소유붕의 뚜껑이 마침내 열리고 말았다.

"이 새끼가 보자보자 하니까! 네가 무슨 우리 대장이라고 되는 줄 아는 거야? 이게 그냥 가만히 있으니까 사람이 무슨 병신으로 보이……!"

"멈춰, 유붕."

"누님!"

뜻밖에도 단무린을 향해 달려드려는 소유붕의 앞을 막은 것은 신수연이었다.

지금 단무린의 말에 가장 자존심에 큰 상처를 받았을 사람은 다른 누구도 아닌 그녀였다.

한데 그녀는 흥분하기는커녕 도리어 냉정한 얼굴로 흥분한 소유붕을 진정시켰다.

그러고는 단무린을 바라보면서 말했다.

"본론을 말해."

순간 단무린의 눈썹이 꿈틀거렸다.

혈영대의 다섯 조장들끼리의 서열은 사실상 숫자에 불과했다. 그저 각자에게 정해진 역할이 분명하게 나눠져 있을 뿐, 그 외에는 거의 동등하다고 보면 된다.

하지만 역시 일조장은 괜히 일조장인 게 아니라는 걸까.

의도적으로 상대를 자극하는 자신의 말에 단순히 반응한 소유붕과는 달리 신수연은 그 속에 숨은 의도를 예리하게 파악했다.

그녀에 대해서 신뢰하는 이신의 마음을 조금은 알 것 같았다.

'그러니까 유 소저를 맡긴 거겠지.'

그 말을 속으로 몰래 되뇌면서 단무린은 말했다.

"실수를 만회할 기회를 주겠소."

*   *   *

이신은 홀로 운중장에 돌아왔다.

단무린에게 말한, 미처 끝내지 못한 일들을 해결하기 위해서였다.

어둡고 인적조차 없는 폐장원 안을 마치 대낮처럼 걷던 이신이 도착한 곳은 창고 용도로 쓰던 건물 안이었다.

이미 짐을 다 뺀 터라 아무것도 없는 그곳에 들어서자마자 이신의 눈살이 찌푸려졌다.

건물 안은 엉망진창이었다.

특히 바닥이 완전 뒤집혀져 있는데, 뜯겨진 바닥 아래로 작은 공간이 보였다.

그건 바로 구양중을 몰래 감금해 두던 비밀 창고였다.

물론 거기에는 이미 아무도 없었다.

"걸려들었군."

희미한 미소와 함께 이신의 입꼬리가 올라갔다.

그는 작금의 상황 앞에 놀라기는커녕 도리어 그럴 줄 알았다는 표정이었다.

사실 이러한 상황 자체가 그가 의도한 바였기 때문이다.

'구양중은 그리 쉽게 버릴 수 있는 패가 아니지.'

그는 천사련의 환혼당주이자 구양세가의 혈족이다.

더욱이 그는 마운기와 마찬가지로 십대마공 중 하나를 익히고 있었다.

그만한 인물을 흑월에서 쉬이 포기할까?

분명 회수하려고 들 것이다. 아니, 반드시 그렇게 해야 한다.

그 정도로 중요한 인물이 아니라면 애당초 그가 배신할 것이 대비하여 몰래 머릿속에다 성화의 조각을 심어둘 필요가 없었을 테니까.

이신의 노림수도 바로 그 부분이었다.

'그토록 원한다면 구양중은 기꺼이 내주겠다. 하지만 그냥은 안 되지.'

이신은 결코 구양중을 허투루 숨겨둔 게 아니었다.

바로 이런 상황에 대비해서 미리 그의 몸에다 소유붕의 특제 추종약, 백리향을 묻혀뒀다.

만약 그가 없어지지 않았다면 그냥 헛수고로 끝났을 테지만, 결과적으로 그의 도박은 성공했다.

이제 남은 것은 백리향의 자취를 쫓아서 구양중을 데려간 자의 거점과 면면을 확인하는 일뿐이었다.

파팟!

이신의 신형이 순식간에 운중장에서 사라졌다.

그리고 허공 중에 떡하니 나타나서 체공 중인 그의 시선이 한곳으로 향했다.

'동서쪽 방향으로 백 리 안팎이라. 그리 멀지 않군.'

전날 유세화가 마운기에게 납치되었을 때와 달리 이번에는 서두르지 않았다.

어차피 구양중의 생사 여부는 그리 중요치 않았다.

만약 그가 죽더라도 그의 몸에 묻은 백리향은 그를 데려간 자의 몸에 옮겨 묻었을 것이다.

그는 어디까지나 추적의 출발점 그 이상도 이하도 아니었다.

이신이 판단했을 때, 흑월은 거대한 점조직의 형태를 취하고 있었다.

그렇지 않고서야 금와방과 같은 세력을 순식간에 뚝딱 만

들어낼 정도의 자금을 비축했음에도 그 존재가 명확히 외부로 드러나지 않는다는 것 자체가 불가능했다.

그리고 이신은 그런 점조직을 상대하는 요령에 대해서 어느 정도 알고 있었다.

하수인은 언제든지 도마뱀이 꼬리를 끊듯 내버릴 수 있다. 그만큼 아는 정보도 빈약하다.

하지만 중간에서 윗선에서 내린 지시를 직접 아랫사람에게 전달하는 자, 그자는 다르다.

윗선의 지시를 전달하는 만큼 생각보다 아는 정보가 많을 수밖에 없었고, 그중에는 이신이 원하는 정보도 분명 포함되어 있을 것이다.

그리고 그런 자는 필연적으로 조직 내에서 꽤나 중요한 직책을 맡고 있을 확률이 높았다.

그렇게 한 가닥의 기대와 함께 이신은 그대로 어둠 속에 녹아든 채로 은밀히 이동하였다.

그리고 약 반 시진 후, 그는 한 버려진 산중의 사당 앞에서 멈춰 섰다.

"…역시인가."

오랫동안 찾아온 사람이 없는 듯 초라하고 낡은 사당 안으로 들어서자마자 이신의 시야로 처참한 몰골의 시체 하나가 들어왔다.

시체의 정체는 바로 사라진 구양중이었다.

싸늘한 시체가 되어버린 그는 온몸이 상처로 도배되어 있었는데, 전부 고문의 흔적이었다.

특히 천령개가 사정없이 부서진 것을 보면 그가 무슨 이유로 고문당한 건지 쉬이 유추할 수 있었다.

'몰래 심어둔 성화의 조각이 어찌 사라졌는지에 대해서 캐물었겠지.'

물론 이신이 배화륜으로 성화의 조각을 흡수했다는 사실을 알 턱이 없는 구양중이 그에 대한 대답을 제대로 했을 리만무하다.

그 결과가 그의 전신에 적나라하게 남겨진 처참한 고문의 흔적이리라.

그리고 이신은 또 하나의 사실을 간과하지 않았다.

'이 정도까지 고문했는데, 백리향이 옮겨 묻지 않았을 리 없지.'

한 번 묻은 백리향은 따로 소유봉이 제조한 해약이 없다면 목욕이나 입고 있는 옷의 세탁은 물론이거니와 그 어떤 약물을 사용해도 절대 지워지지 않는다.

그런데도 어찌 된 일인지 백리향의 냄새는 이 근방에서 뚝 끊겨져 있었다.

그것이 무엇을 의미하는지는 곧 밝혀졌다.

와장창창!

사당의 지붕이 무너지면서 십여 명의 흑의인이 저마다의 무기를 앞세운 채로 이신을 향해서 쇄도했다.

'역시 매복인가?'

이신은 당황하지 않고 재빨리 양손을 움직였다.

우드드득—!

제일 먼저 이신 앞에 당도한 흑의인의 머리가 둔탁한 골절음과 함께 등 뒤로 돌아갔다.

한순간에 절명한 동료의 모습에 놀랄 새도 없이 그의 옆에 서 있던 두 흑의인은 이신에게 사이좋게 팔이 붙잡힌 채 그대로 머리부터 바닥에 처박혔다.

물론 두개골이 완전 으스러진 그들이 두 번 다시 일어나는 일은 결코 일어나지 않았다.

남은 흑의인들의 눈이 일순 경악으로 물들었다.

이신은 별로 대단할 것 없는, 오히려 하나하나 따져 보면 여느 동네 무관에 가서도 쉬이 배울 수 있는 평범한 초식만으로 세 명의 흑의인을 눈 깜짝할 새에 쓰러뜨렸다.

그래서 더욱 대단했다. 그런 간단한 초식만 사용했음에도 피하거나 반격조차 못 할 만큼 이신의 무위가 대단하다는 반증이었으니까.

그러한 가운데, 이신은 양 떼들 사이로 달려드는 호랑이처럼 무시무시한 공세를 이어나갔다.

뼈가 부러지고, 피가 튀는 학살이 계속되면서 이제 남은 흑의인의 숫자는 불과 서너 명뿐이었다.

그들을 보면서 이신은 내심 의아해하였다.

'이상하군.'

자신이 올 것을 대비해서 매복한 것치고는 흑의인들의 실력이 너무나 형편없었다.

물론 모두 일류를 넘고 절정을 바라보는 터라 일반적인 기준에서 보자면 충분한 고수들이었다.

형편없다는 것은 어디까지나 이신의 입장에서 봤을 때였지만, 그걸 감안해도 어딘지 뭔가 좀 부족하다는 느낌이긴 했다.

'마치 진짜 함정은 따로 있다는 것처럼……'

순간 불길한 예감이 이신의 뇌리를 스쳐 지나갈 때였다.

콰과과광—!

순식간에 천지가 떠나갈 정도의 폭음과 함께 사당 전체가 거센 화마로 휩싸였다.

사당 안에 매설되어 있던 화탄이 일시에 터지면서 벌어진 일이었다.

활활 불타오르는 사당 앞으로 한 인영이 모습을 드러냈다.

그는 온몸을 흑색 천으로 감싼 복면인이었다.

"역시 꼬리가 달라붙었군."

구양중을 데려올 당시, 그는 운중장 창고의 비밀 공간 안에 숨겨져 있었다.

나름 정성껏 숨겨두긴 했지만, 그렇다고 한들 창고 주변에 아무런 감시조차 두지 않은 건 너무나 작위적인 냄새가 풀풀 풍겼다.

때문에 그는 일부러 이곳에다 매복과 함정을 파둔 채 적이 찾아오길 기다렸다. 겸사겸사 구양중에게 심문도 하면서 말이다.

'설마 이 정도로 빨리 찾아올 줄이야.'

나름 은신술이나 신법에 자신 있는 그였기에 이리도 정확하게, 그것도 매우 빠른 시간 내에 자신의 뒤를 쫓아온 추적자의 추종술에 내심 경악했다.

거기다 놀랄 일은 그뿐만이 아니었다.

'정말 대단한 자였어.'

비록 화탄이라는 노림수를 숨기고자 투입한 수하들이었는데, 이신은 그들을 혼자서 상대하는 것도 모자라서 아예 압도해 버렸다.

거기다 복면인이 보기에 이신은 결코 전력을 다한 게 아니었다.

전력이 아님에도 그 정도 실력이라니.

내심 그런 자를 정면에서 상대하지 않길 참으로 잘했다는 생각과 함께 등골이 절로 오싹해졌다.

'도대체 그의 정체가 뭐였을까?'

추적자의 정체에 대해서 미처 파악할 틈도 없이 무작정 화탄을 터뜨린 게 다소 애석하긴 했지만, 그렇다고 해서 자신의 결정을 후회하지 않았다.

괜히 적에 대한 정보 하나를 캐내려고 하다가 오히려 역으로 당해서 적에게 조직에 대한 정보를 토설할 가능성도 완전히 배제할 수 없었기 때문이다.

그런 위험성을 떠안을 바에는 차라리 없앴을 수 있을 때, 단숨에 상대를 제거하는 편이 복면인의 입장에선 훨씬 더 나았다.

'자, 그럼 어디 확인해 볼까?'

화탄의 불길이 사그라지고 매캐한 연기만 간간히 피어오를 때쯤, 복면인은 최종적으로 추적사의 생사 여부를 확인하기 위해 새까만 잿더미밖에 남지 않은 사당의 터를 열심히 뒤적거렸다.

그러자 얼마 안 있어 까맣게 타버린 구양중과 이신을 상대했던 흑의인들의 시체 십여 구가 발견되었지만, 정작 그가 찾고 있는 이신의 시체는 어디서도 보이지 않았다.

'이게 어찌 된 일이지?'

설마 그 짧은 순간에 탈출하기라도 했단 말인가?

순간적으로 복면 밖으로 드러난 두 눈이 놀라움과 당혹감으로 물들었지만, 그도 잠시 복면인은 한껏 경계심과 긴장감을 드높인 채로 주변을 두리번거렸다.

그러느라 미처 눈치채지 못했다.

시체들의 틈 사이로 한 자루의 검 하나가 소리 없이 천천히 떠오르기 시작한 것을.

그리고,

푹!

한순간 날카로운 묵광이 번뜩이는 것과 동시에 묵빛의 검신은 그의 등 뒤 왼쪽 날갯죽지를 그대로 관통했다.

"크윽!"

조금만 빗나가도 바로 심장을 관통했을 만큼 치명적인 일격이었다.

불에 대인 듯 화끈거리는 고통과 함께 몸 안으로 파고든 쇠붙이 특유의 이물감에 얕은 비명을 토하는 순간, 두 줄기의 지풍이 복면인의 몸에 격중했다.

퍼벅!

"……!"

마혈과 아혈을 모두 제압당한 듯 복면인은 순식간에 온몸이 통나무처럼 딱딱하게 굳은 채 아무 말도 못 하고 그저 눈알만 빠르게 좌우로 굴려댔다.

'뭐, 뭐지? 도대체 어디서……!'

그의 의문에 답하듯 가만히 있던 구양중의 시체가 들썩였다.

그러더니 손 하나가 불쑥 튀어나와서 시체가 완전히 옆으로 젖혀지는 순간, 그 바로 아래에 있던 이신의 신형이 드러났다.

"후우, 다짜고짜 화탄을 터뜨리다니. 하마터면 큰일 날 뻔했군."

기껏해야 은신하고 있다가 몰래 기습하는 정도일 거라고 예상했던 이신의 입장에선 꽤나 당혹스러운 일이었다.

순간적으로 호신강기를 펼치고 구양중의 시체를 방패막이로 삼지 않았다면, 제아무리 이신이라도 큰 피해를 입을 뻔했다.

이신은 복면인의 몸에 박힌 영호검을 뽑아서는 그대로 복면인의 목덜미 바로 아래에 들이댔다.

"흑월, 맞지?"

"……!"

직설적인 이신의 물음에 순간 복면인의 눈이 커졌다가 이내 원래대로 돌아왔다. 그러나 초조한 마음은 숨길 수 없는 듯 눈동자가 미세하게 흔들렸다.

'구양중, 이 개새끼가……!'

그는 이신이 따로 구양중을 취조해서 조직에 대한 정보를 얻은 거라고 멋대로 단정 지었다.

죽은 구양중 입장에선 다소 억울했지만, 그런다고 그에 대한 복면인의 오해가 풀리는 것은 아니었다. 애당초 그건 별로 중요하지도 않았다.

아무튼 복면인은 흔들리는 눈알만큼이나 바쁘게 머리를 굴렸다.

'지금이라도 독단을 깨물고 자결하는 게 나을까? 아니면 어떻게든 말로 시간을 끌어서 지원을…….'

하지만 그의 계획은 이신의 왼손이 그의 명문혈로 향하는 순간, 모두 허사로 돌아갔다.

우득— 우드득! 콰드르르륵—!

"……!"

거칠면서도 끔찍한 골절음과 함께 복면인의 온몸이 멋대로 뒤틀리기 시작했다.

실제로도 온몸의 근육이란 근육은 죄다 짜내고, 전신의 뼈가 가루로 으스러지는 듯한 고통이 파도처럼 그를 덮쳐왔다.

여타 고문 가운데에서도 단시간에 줄 수 있는 고통과 후유증이 지독하기로 유명한 분근착골(粉骨搾筋)의 수법이었다.

그것은 웬만한 고문에도 끄떡없는 복면인조차 참기 어려운 고통이었다.

차라리 마음껏 요동치면서 비명이라도 지를 수 있다면 조금 나을 텐데, 마치 처음부터 이럴 작정이었다는 양 이신이 그의 아혈과 마혈을 점혈해 둔 탓에 그조차 마음대로 되지 않았다.

그렇게 일 각 정도가 지났을까.

이신의 왼손이 그의 몸에서 소리 없이 떨어졌다.

그러자 뒤틀렸던 몸이 원래대로 돌아오면서 복면인에게 짧게나마 평온이 찾아왔다.

'허억! 허억! 허억! 사, 살았다?'

극히 짧은 순간이었지만, 복면인의 입장에선 일분일초가 가히 수십 일에 가깝게 느껴질 만큼 끔찍한 체험이었다.

가까스로 정신을 수습하려고 하는데, 이신의 담담한 음성이 귓가를 스쳤다.

"생각보다 잘 버티는군. 그럼 어디 이번에는 얼마나 버티는지 볼까?"

'서, 설마? 그, 그만! 그만두라… 크아아아아아아악!'

또다시 복면인을 괴롭히는 고통!

소리 없는 아우성 속에서 그 후로도 복면인은 수차례나 분근착골의 수법에 시달렸다.

그 과정에서 이신은 그에게 딱히 이렇다 할 질문조차 하지도 않았다. 그저 기계적으로 분근착골의 수법만 반복해서 펼칠 뿐이었다.

심지어 고통스러워하는 자신을 보고도 눈 하나 깜짝하지 않는 이신의 무표정한 얼굴은 더욱 그를 공포에 질리도록 만들기에 충분했다.

'아, 악마다! 이자는 악마야!!'

끝이 보이지 않고, 거기다 목적조차 불투명한 폭력이 계속 반복되면 제아무리 정신력이 강한 사람도 절로 피폐해지게 마련이다.

고문을 장시간 반복하면 몸과 마음이 병드는 것도 그러한 이치였다.

그래도 고문은 죄수에게 뭔가를 알아내면 거기서 끝나지만, 이신은 그조차도 아니었다.

그렇기에 무의식중에 복면인은 죽음에 대한 공포를 자각하지 않을 수 없었고, 동시에 어서 빨리 그 공포에서 해방되고 싶다는 욕구가 그의 뇌리를 가득 채웠다.

그 순간, 기다렸다는 듯 때마침 이신의 음성이 들려왔다.

"편안해지고 싶나?"

"……!"

복면인은 눈이 휘둥그레졌다. 그러고는 당장 '예!'라고 외치면서 고개를 끄덕일 기세였다.

이 고통으로 해방되고 편안해질 수만 있다면 뭐든지 할 수 있었다.

설령 그것이 조직을 배신하는 일일지라도!

평소의 그라면 절대로 할 수 없는, 아니 해서는 안 되는 생각이었다. 연신 계속된 분근착골의 고문에 의해서 판단력이 흐려졌다는 증거다.

악마의 속삭임과도 같은 이신의 말이 이어졌다.

"알고 있는 모든 걸 말해라. 그럼 소원대로 편안하게 해주지."

말이 끝나기 무섭게 이신은 그의 아혈을 풀어줬다.

그러자 복면인은 한 치의 주저 없이 자신이 알고 있는 모든 것을 속사포처럼 쏟아내기 시작했다.

그리고 모든 설명이 끝났을 때, 이신의 말대로 그는 정말로 편안해질 수 있었다.

바로 죽음이라는 이름의 영원한 안식 아래서 말이다.

第三章
신수괴옹(神手怪翁)

다음 날.

소유봉은 아침 일찍부터 장가철방을 나서서 어디론가 향했다.

그가 향한 곳은 바로 아낙네들의 장신구를 전문적으로 파는 가게였다. 어지간한 남자들은 입구에서부터 선뜻 발을 들이기 어려운 곳이기도 했다.

그러나 주변의 시선 따위 아랑곳없이 가게 안으로 선뜻 들어서는 소유봉의 걸음은 거침없었다.

"주인장 계시오!"

우렁찬 그의 외침에 안에 있던 주인이 허겁지겁 나왔다.

"아이고, 손님. 어쩐 일로 이리 아침 일찍부터 오신 겝니까? 아직 정해진 날짜까지 하루는 더 남았을 텐데⋯⋯."

"거, 생각보다 빨리 필요하게 생겼수. 지금 당장 잔금을 치를 테니 얼른 물건이나 주시오."

소유붕은 다짜고짜 전낭을 통째로 내밀면서 주인을 재촉했다.

그런 그의 표정은 꽤나 신경질적이었는데, 다 그럴만한 이유가 있었다.

어젯밤, 그는 신수연과 함께 오랜만에 만난 단무린으로부터 유세화를 제대로 지키지 못한 것에 대한 질책을 적나라하게 받았다.

거기에 한술 더 떠서 단무린은 두 사람에게 특별히 잘못을 만회할 수 있는 기회를 주겠다고 했다.

이에 별다른 고민 없이 선뜻 고개를 끄덕이고 만 게 실수였다.

"후우, 망할 놈의 새끼⋯⋯."

욕지거리와 함께 당시에 단무린이 했던 말이 그의 뇌리로 생생하게 떠올랐다.

―제비, 자주 여자한테 껄떡거리는 만큼 여자들이 좋아하는

물건에 대해서도 잘 알겠지? 내 듣기로 최근 남해 쪽에서 나는 진주가 특히나 유명하다던데, 그걸 구해서 유 소저에게 선물하면 무척 기뻐할 거야. 물론 형님께서도 좋아하시겠지.

짧은 회상을 마치자마자 소유붕은 이를 빠드득 갈아댔다.

'망할 놈! 다 알면서도 시미치 뚝 떼기는!'

남해산 진주.

그것은 최근 소유붕이 공들여서 작업 중인 여인을 위한 선물로 특별히 구한 물건이었다.

그것도 모자라서 따로 장인에게 맡겨서 세공 작업까지 거의 다 끝마친 상태였는데, 그걸 귀신같이 알아내다니.

덕분에 지금껏 그 여인을 볼 때마다 한껏 자랑하면서 으스대던 게 한낱 허세와 거짓말로 끝날 판국이었다.

'후우, 하는 수 없지. 이걸로 이틀 전의 실수를 만회할 수 있다면……'

입맛이 제법 썼지만, 애써 미련을 버리기로 했다.

여인에게야 나중에 더 좋은 것을 선물하면 다시 기분이 풀릴 테지만, 한 번 잃어버린 신뢰를 만회할 수 있는 기회는 그리 많지 않았으니까.

거기다 신수연이 받은 벌칙에 비하면 이건 벌칙이라고 할 수도 없는 수준이었다.

그렇게 소유붕의 재촉에 가게 주인은 그가 주문한 장신구를 선반 위로 내어놓기는커녕 그저 난감해 죽겠다는 표정으로 어쩔 줄 몰라 할 따름이었다.

잔금으로 내민 전낭에는 시선조차 주지 않았다.

'뭐지, 이 분위기는?'

소유붕은 뭔가 일이 잘못되었다고 본능적으로 느꼈다.

그래도 아직 주인의 입을 통해서 직접 사실을 전해들은 것도 아닌 터라 서둘러 그를 재촉했다.

"도대체 무슨 일이오, 주인장?"

"저기, 그게 그러니까……."

가게 주인은 소유붕의 눈치를 살피면서 우물쭈물하다가 겨우 말을 이었다.

"파, 팔렸습니다."

"…뭐?"

팔렸다니.

순간 소유붕은 주인의 말이 잘 이해가 되지 않았다.

예의 물건은 분명 자신이 주문한 것이었다.

그게 팔리다니.

어찌 그런 일이 가능하단 말인가.

"위약금은? 분명 위약금까지 걸려 있는데, 어찌 그런 말도 안 되는 일이 벌어질 수 있단 말이오!"

소유붕이 장신구를 주문하면서 미리 내놓은 선금만 하더라도 자그마치 금 스무 냥이었다.

거기에 위약금은 그 열 배인 금 이백 냥!

주인이 미치지 않고서야 그만한 거액의 위약금을 물어낼 리 없었다.

"그, 그게 그 손님께서 위약금까지 전부 다 한꺼번에 지불하시는 바람에 저로선 어쩔 도리가……!"

"누구요, 그놈이. 내 물건을 가져간 빌어먹을 도둑놈이 누구냔 말이오!"

"그, 그게……."

쉬이 대답을 못 하고 물음에 쩔쩔매기만 하는 주인을 보면서 소유붕은 단숨에 상황을 간파했다.

'무림인이군.'

그것도 성질이 아주 지랄 같은 놈임이 확실했다.

그렇지 않고서야 엄연히 임자가 정해진 물건을 함부로 넘기는 일 따위는 없었을 것이다.

위약금은 둘째 치더라도, 자칫 이 일이 주변에 소문나기라도 했다간 가게의 신용도가 그대로 곤두박질치고 말테니까.

실제로 가게 주인에 대한 소유붕의 신뢰도는 이미 바닥을 친 상태였다.

소유붕은 선반 위에 올려둔 전낭을 도로 회수하면서 말

했다.

"됐고, 그놈 인상착의만 말하시오. 내 직접 찾아가서 해결할 테니까."

"그, 그러니까 그분께서는……."

가게 주인은 더듬더듬 기억을 더듬으면서 소유붕의 물건을 가로챈 자에 대해서 설명했다.

그의 설명이 끝나기 무섭게 소유붕은 가게 안을 뛰쳐나왔다.

'누군지 몰라도 사람 잘못 건드렸어!'

자신은 혈영대의 이조장, 천변호리 소유붕이다.

경공과 추종술에 있어서만큼은 다른 어떤 조장들보다도 뛰어났다.

그 실력을 유감없이 발휘한 소유붕은 수없이 많은 사람들이 돌아다니는 무한 시내를 샅샅이 뒤졌다.

그리고 얼마 지나지 않아 발견할 수 있었다.

좀 전에 가게 주인에게서 들었던 인상착의와 완전히 일치하는 그자를.

"어이, 거기! 잠깐 멈춰보시오!"

소유붕의 외침에 그는 가던 길을 멈췄다. 그러고는 천천히 고개를 뒤로 돌리면서 말했다.

"가가, 저것도 좀 보고가면 안 될까요?"

앞서 가던 유세화의 설렘 가득한 물음에 이신은 그녀의 손가락으로 가리키는 방향을 바라봤다.

그곳에는 떠돌이 극단패의 길거리 공연이 한창 펼쳐지고 있었다.

예인들의 재주가 상당한 듯 주변에는 이미 꽤 많은 인파가 모여 있었다.

잠시 그 광경을 바라보던 이신은 유세화를 향해서 고개를 끄덕였다.

"좋을 대로 해."

"야호! 어서 가요!"

이신의 허락이 떨어지기 무섭게 그녀는 이신의 손을 붙잡고 인파 사이로 파고들었다. 좀 더 가까운 자리에서 공연을 구경하기 위함이었다.

처음엔 무리하게 파고드는 그녀 때문에 인상을 찌푸렸던 사람들은 곧 그녀의 외모를 보고는 언제 그랬냐는 듯 헤벌쭉 웃었다.

하지만 곧 그들의 표정이 넋이라도 잃은 듯 멍해졌다.

이신과 유세화의 뒤를 소리 없이 따라가는 한 여인 때문이었다.

사뿐사뿐 걷는 모습이 그야말로 그림으로 그린 듯 아름다운 여인이었다.

과연 자신과 같은 사람이기는 한 건가?

비현실적인 여인의 모습에 주변의 모두가 황홀한 표정이 되었다.

무슨 말이 필요한가? 아니, 그 어떤 수식어도 그녀를 표현하기에 모자랐다.

그래, 속된 말로 끝내줬다.

그런데 그런 그녀의 차림이 수수하다는 것을 알아차린 사람들이 의아한 눈빛을 보냈다. 마치 시비들이나 입을 법한 옷차림이었기 때문이다.

그들은 한마음으로 생각했다.

과연 옷맵시의 완성은 얼굴이라고.

한 가지 아쉬운 게 있다면 내내 얼음 동상처럼 차가운 표정을 짓고 있다는 사실이었다.

거기다 이신과 유세화가 서로 손을 마주잡는 시간이 길면 길어질수록 그녀의 표정은 더욱 싸늘하게 변해갔다.

급기야 그녀의 신형에서 희미한 아지랑이 같은 것이 피어오르려고 할 때였다.

[검후, 벌써 약속을 잊은 것이오?]

'……!'

여인, 신수연은 귓가에서 울리는 전음에 퍼뜩 정신을 차렸다.

저도 모르게 외부로 드러난 아지랑이, 한령마기는 언제 그랬냐는 듯 순식간에 자취를 사라졌다.

말 그대로 한순간에 일어난 변화라서 다행히 눈치챈 이는 없었다.

신수연은 속으로 몰래 안도의 한숨을 내쉬려는데, 예의 전음이 이어졌다.

[잊지 마시오. 오늘 당신의 임무는 유 소저를 보필하는 것임을.]

그것이 지난날 신수연이 범한 실수를 만회할 수 있는 방법, 즉 벌칙이었다.

처음에 그 말을 들었을 때만 해도 신수연은 지금 귓가에 들려오는 전음의 주인, 단무린을 향해서 한령마기를 펼쳐야 하나 마나를 놓고 심각하게 고민했다.

오대마종 중 하나인 빙마종의 당대 종주인 자신이다. 남들에게 떠받들어져도 모자를 판국에 누군가를 시비처럼 보필한다?

거기다 그 대상이 유세화라고 하자 절로 본능적인 거부감이 들었다.

비록 그녀를 언니라고 부르기로 했지만, 엄연히 자신과 유세화는 이신을 사이에 놓고 경쟁하는 사이였다.

그러니 어찌 거부감을 느끼지 않을 수 있으랴.

하지만 단무린의 이어진 말이 그녀의 마음을 흔들었다.

―그날 검후께서는 유 소저를 곁에서 지켜야 함에도 그러지 못하셨소. 그렇다면 응당 그 반대의 모습을 보여줘야지만, 비로소 그대에 대한 형님의 신뢰도 회복할 수 있지 않겠소?

자신에 대한 이신의 신뢰.

확실히 그가 아끼는 유세화를 성심껏 보필하는 모습을 보인다면, 지난날의 실책도 어느 정도는 만회될 것이다.

더욱이 소유붕의 경우까지 포함해서 이번에 단무린이 제시한 벌칙들 뒤에 숨어 있는 진짜 의도는 따로 있었다.

바로 이번 기회를 통해서 이신의 연인인 유세화와 이신의 수하인 그들 간의 심리적인 거리가 조금이라도 더 가까워지는 게 진짜 목적이었다.

선물을 통해서 그녀의 환심을 사는 것도, 바로 옆에서 그녀를 보필하는 것도 하나같이 전부 그러한 맥락에서 비롯된 것이었다.

그러니 차마 거부할 수 있을 리 없었다.

다른 누구보다 이신의 신뢰와 관심을 소중히 여기는 신수 연이었으니까.

그렇게 이신과 유세화가 공연을 즐기는 모습을 뒤에서 지켜 보는 가운데, 문득 누군가가 그녀의 옆으로 다가왔다.

"이보시오, 소저. 혼자서 공연을 보러 오신 모양이구려. 마 침 본 공자도 혼자 왔는데, 어떻소? 우리 외로운 사람끼리 함 께 차라도 한잔하면서 서로를 알아가는 것이?"

말을 건 이는 여성이라면 누구라도 한번쯤 시선을 던질만 한 미공자였다.

그는 내내 기회를 엿보다가 그녀가 혼자라는 것을 확인하 고는 재빨리 말을 건 것이었다.

내심 신수연을 노리고 있던 몇몇 사내들은 그를 보자마자 속으로 한숨을 내쉬었다.

그도 그럴 게, 미공자 왕소찬은 무한 인근에서는 나름 소문 난 화화공자였다. 그에게 걸려서 신세를 망친 여자들만 하더 라도 두 손으로 세기 힘들 지경이었다.

사람들은 신수연 역시도 그와 다르지 않을 거라고 여겨서 내심 안타까워했다.

그런 와중에 왕소찬은 자신감에 찬 얼굴로 말했다.

"내 이 무한에서 가장 비싼 차를 대접해 드리리다."

"……"

신수연은 가만히 그를 바라봤다. 그녀와 마주보면서 왕소찬은 아랫도리가 슬쩍 뻐근해짐을 느꼈다.

'하아, 가까이서 보니까 진짜 끝내주는구나!'

단순히 얼굴만 이쁜 게 아니었다.

신수연의 몸매는 나올 데는 나오고, 들어갈 데는 들어간 그야말로 완벽한 몸매였다.

비록 수수한 옷차림에 가려져 있지만, 타고난 화화공자인 왕소찬의 눈까지 속일 수는 없었다.

만약 오늘 일이 잘되어서 그녀를 품을 수 있다면 가히 천금을 가진 것과 같은 기분이리라.

왕소찬은 그녀와의 뜨거운 밤을 상상하며 자신이 아는 모든 기술을 동원해 그녀를 보내 버리리라 다짐하고 있었다.

하지만 그런 그의 기대는 곧 차가운 서리를 맞은 듯 고드름처럼 얼어붙고 말았다.

자신을 응시하는 그녀의 눈빛을 보며 왕소찬이 부들부들 몸을 떨었다. 갑자기 오한이라도 든 것일까? 온몸이 으슬으슬해졌다.

한편 신수연은 제 발로 걸어온 상대에게 고마운 마음이 들었다. 어떻게 알았는지 자신의 우울한 기분을 달래 줄 화풀이 대상이 알아서 굴러들어 온 것이었다.

혹한에 노출된 듯 이제는 이까지 딱딱거리며 떨고 있는 왕소찬을 향해 신수연이 환히 웃었다.

그녀의 미소는 누군가에게는 따뜻하고 사랑스럽지만, 누군가에게는 끔찍한 악몽이 될 수도 있는 미소였다. 그것을 왕소찬은 자신의 몸으로 직접 경험해야만 했다.

*　　　　*　　　　*

그 시각 소유붕은 웬 꾸부정한 허리에 백발이 성성한 노인을 노려보고 있었다.

노인은 의아한 표정을 지으면서 물었다.

"설마 나를 부른 것이냐?"

소유붕은 냉큼 고개를 끄덕였다.

"그렇소."

"이상하군. 나는 오늘 자네와 처음 보는 것 같은데, 무슨 용무로 바쁜 사람을 귀찮게 하는 거지?"

"뭐? 귀, 귀찮… 후우! 됐소. 긴말할 것 없이 이서 빨리 내놓으시오."

"뭘?"

"어이, 노인장. 설마 남의 물건을 멋대로 새치기해 놓고 이제 와서 모른 체할 속셈은 아니겠지?"

"새치기?"

노인은 잠시 생각하는 듯하다가 곧 떠올린 듯 손뼉을 짝 마주쳤다.

"아아, 혹시 네가 미리 주문했다고 한 그놈이냐? 흐음, 생각보다 허우대가 멀쩡한 녀석이었군."

노인이 소유붕의 위아래를 훑으며 피식 웃었다.

솔직히 이런 장신구를 예약까지 할 정도면 여자에 아주 환장한 난봉꾼일 것이라 생각했는데 실제로 보니 완전 반대였던 것이다.

다음 순간 노인의 웃음이 무슨 뜻인지 알아챈 소유붕의 눈빛이 사나워졌다.

"쓸데없는 소리 그만하고, 어서 돌려 주시……."

"싫은데?"

"뭣?"

뜻밖의 대답에 소유붕은 순간 어이없다는 표정을 지었다.

'뭐야, 이 노친네? 지금 나랑 장난하자는 거야?'

두 손을 싹싹 빌면서 미안하다고 해도 모자랄 판국에 도리어 뻔뻔하게 나오다니.

소유붕이 어이없어하든 말든 노인은 자기 할 말만 계속했다.

"난 제값을 주고 샀고, 위약금도 물었다. 그러니 나에게 따질 것이 아니라 그걸 판 놈에게 왜 팔았느냐고 따지는 것이 이치에 맞지 않느냐."

노인의 말은 확실히 일리가 있었다.

하지만 소유붕은 콧방귀를 끼면서 말했다.

"그건 엄연히 내가 먼저 예약을 한 물건이었소. 한데 그것을 당신한테 그냥 팔았을 리 있겠소? 필시 돈 말고도 당신이 뭐라고 구워삶았으니까 판 거겠지. 그러니 주인에게 그걸 팔도록 만든 당신에게 따지는 것이 난 맞다고 보오."

소유붕은 자신의 생각이 옳다고 확신하고 있었다.

실제로 노인의 눈썹이 살짝 꿈틀거렸고, 그는 잘 관리한 수염을 매만지면서 뇌까렸다.

"이것 참 곤란한 젊은이군. 그깟 진주가 뭐라고 이 난리인건지 원."

그는 그저 하나뿐인 손녀딸을 위한 선물로서 진주를 구한 것일 뿐이었다. 비록 그 과정에서 좀 억지를 부렸다고 하지만, 그게 이런 식의 결과로 돌아올 줄이야.

노인은 한숨을 내쉰 뒤, 품에서 묵직한 전낭을 꺼내 들었다.

그리고 그의 손이 전낭에 들어갔다 나오는 순간, 새알만 한 크기의 진주가 박혀 있는 고급스러운 은팔찌가 모습을 드러냈다.

순간 소유붕의 눈이 커졌다.

그의 눈은 진주 은팔찌에 고정되었고, 노인은 살짝 귀찮다는 얼굴로 말했다.

"그래서 이걸 손에 넣을 때까지 네놈은 계속 이렇게 날 귀찮게 할 셈이냐?"

끄덕—!

소유붕은 한 치의 망설임 없이 고개를 끄덕였다.

물론 진주야 다시 구하면 그만이다.

하지만 안 그래도 인기인 남해산 진주가 언제 다시 가게에 매입될지 알 수 없는데다, 무엇보다 단무린이 내린 벌칙을 그렇게까지 오래 끌고 싶지도 않았다.

자칫 잘못하다간 이런 벌칙 하나 제대로 수행하지 못했다고 비난받을 터.

그렇기에 소유붕은 절대로 진주 은팔찌를 포기할 수 없었다.

그런 소유붕의 의지를 느낀 것일까?

노인은 고개를 끄덕였다.

"좋다. 그럼 내기 하나 제안하지."

"내기?"

갑자기 그게 무슨 뚱딴지같은 소리인가?

노인은 피식 웃으면서 말했다.

"내기의 내용은 간단하네. 보아하니 자네는 고작 인상착의만 가지고 나를 찾은 것 같던데, 지금으로부터 딱 반각 뒤에 다시 한 번 나를 찾아보게나."

"그렇게 해야 하는 이유는?"

"그야 나도 이것을 얻으려고 나름대로 시간과 정성을 들였는데 고작 말 몇 마디에 주긴 아깝잖은가. 더욱이……."

노인은 일부러 한 차례 뜸을 들인 뒤 말했다.

"자네의 그 끈기와 배짱이 얼마나 대단한지 이참에 시험해 보는 것이지. 만약 자네가 이긴다면 내 기꺼이 이 진주 팔찌를 넘겨주도록 하지. 어때, 이만하면 충분히 공정하지 않은가?"

"아니, 공정하고 나발이고 간에. 그냥 돈 주고 팔면 될 것이지. 뭐 하러 그런 귀찮은 짓을……."

하지만 소유붕의 말이 채 끝나기도 전이었다.

팅팅팅―!

노인의 손가락에 튕겨서 날아가는 세 개의 동전.

동전들은 제가기 다른 방향으로 날아가더니 땅바닥에 그대로 꽂혀 버렸다.

그리고 그와 동시에 소유붕의 눈앞에서 뿌연 안개가 수증기처럼 일어나기 시작했다.

"진법이라고?!"

눈앞의 현상이 진법에 의한 것이라는 것쯤은 바로 알아

봤다.

그럼에도 소유붕은 내심 놀라움을 감추지 못했다.

흔히 진법이란 것은 사전에 철저한 계산과 준비 없이 펼친다는 것 자체가 거의 불가능한 고도의 기술이자 학문이었다.

한데 고작 동전 세 개만으로 이 정도 수준의 운무진을 펼치다니.

'저 영감은 대체 누구야?'

그제야 노인의 정체가 궁금해진 소유붕이었다.

그사이, 유유히 안개 사이로 사라지면서 노인은 말했다.

"어디 그럼 잘해보게나. 아, 참고로 제한 시간은 한 시진일세. 이래봬도 꽤나 바쁜 몸이거든."

"어, 어이! 이봐!"

뒤늦게 노인을 붙잡으려고 했지만, 노인은 이미 완전히 안개 속으로 사라지고 난 다음이었다.

그렇게 한낮의 숨바꼭질은 시작되었다.

*   *   *

유세화와 둘이서 보내는 시간.

생각해 보면 무한에 돌아온 뒤로 따로 이러한 시간을 가져 본 적 자체가 없었다.

그렇기에 이신은 지금 그녀와 함께하는 이 순간이 내심 기쁘면서도 한편으로는 어색했다.

'곧 익숙해지겠지.'

애당초 마교를 떠나 고향 무한으로 돌아온 것도 무림의 은원에서 벗어나서 오직 유세화 한 명만 바라보면서 살기로 결심했기 때문이 아니던가.

무엇보다 내내 사소한 것 하나하나에도 기뻐하면서 웃는 그녀의 모습을 보고 있자니, 가급적 자주 이런 시간을 가져야겠다는 생각이 절로 들었다.

하지만 안타깝게도 이신은 온전히 그 시간을 즐길 수 없었다.

유세화와 신수연이 포목점에서 천을 고르는 사이, 이신은 근처 건물의 지붕 쪽을 힐끔 바라봤다. 정확히는 지붕의 그늘 아래에 절묘하게 은신 중인 단무린을 향한 시선이었다.

[알아봤느냐?]

그의 전음에 단무린 역시 전음으로 답했다.

[당연하지요. 형님께서 손수 알아내신 정보를 어찌 허투루 다루겠습니까? 확인 결과, 예의 정보는 틀림없는 사실입니다.]

[그렇군.]

단무린이 말하는 정보란 다름 아닌 어젯밤 복면인에게서

캐낸 흑월의 정보였다.

물론 거짓일 리는 없다고 여겼다.

원래 죽음을 코앞에 둔 인간은 누군가를 속이고 자시고를 생각할 틈 자체가 없다. 속이려고 한들 이신의 눈을 속이긴 어려웠다.

그럼에도 그는 단무린을 시켜서 정보의 진의 여부를 다시금 확인하게 했다.

흑월은 비밀스러우면서도 은밀하고, 거기다 철저한 점조직이었다.

어디에서 함정이 도사리고 있을지 모르는 판국이니, 조심해서 나쁠 건 하나도 없었다.

단무린이 말했다.

[그건 그렇고, 설마 천하의 흑점(黑店)이 그들과 손을 잡았을 줄은 미처 몰랐습니다. 심지어 이곳 무한지부가 그들의 거점 중 하나라니.]

흑점.

이곳에 대해 잘 모르는 사람은 그저 흑점을 사람 고기를 파는 인간백정들의 소굴로 여길 것이다.

하지만 흑점의 정체를 아는 사람은 다른 이유로 그곳을 찾는다.

바로 흑점에서 운영하는 암시장에서만 거래가 되는 장물을 얻기 위해서였다.

그 규모는 가히 전국적인 수준이라서 흑점이란 존재를 알아도 그걸 완전히 뿌리 뽑기란 불가능했다.

거기다 거래되는 물건 대부분이 피비린내 가득한 사연을 지닌 터라 흑점의 고객들은 비밀리에 그들과 거래를 가지는 것은 물론이거니와, 그 과정에서 철저한 입단속을 당하게 된다.

행여 그들의 경솔한 말 한마디 때문에 거래 사실 자체가 외부로 유출되기라도 한다면, 그날로 흑점은 멸문지화의 길을 걸을 수도 있기 때문이다.

덕분에 그곳에서 매일 무엇이 거래되었는가를 아는 자는 흑점의 각 지부의 지부장들과 그들의 보고를 주기적으로 올려 받는 흑점의 주인뿐이었다.

그렇기 때문에 혹자들은 어떤 면에 있어서는 흑점이 무림맹의 신안각이나 천사련의 귀망(鬼網), 그리고 마교의 비마각(秘魔閣)보다 훨씬 유용한 정보를 손에 쥐고 있다고 평가한다.

자칫 잘못하면 무림을 피바다로 물들일 수 있는 크나큰 화근의 씨앗이기에.

그리고 그런 흑점이 다름 아닌 흑월의 일원이라는 사실이 시사하는 바는 컸다.

비단 흑점이 거래하는 것은 물질적인 것뿐만이 아니었으

니까.

[혈영대에 관한 정보는?]

이신의 질문에 은신 중이던 단무린이 소리 없이 웃었다.

처음 흑점과 흑월이 같은 조직이라는 사실을 알았을 때, 자신이 내심 걱정하던 바를 이신 역시 똑같이 염려하고 있다는 사실에 절로 흐뭇해진 것이다.

애써 입가의 미소를 지우면서 단무린은 말했다.

[천만다행으로 없었습니다. 사실 원래부터 저희들은 이 세상에 존재하지 않는 자들 아닙니까?]

혈영대의 임무는 공식적인 기록으로 남지 않는다.

단무린의 말마따나 아예 혈영대의 존재 자체가 비공식적이었으니까.

그나마 그들의 존재에 관해서 유일하게 드러난 대외적인 활동에 관한 기록마저 비마각에 의해서 철저히 관리되고 있었다.

아니, 단순히 관리하는 수준 정도가 아니었다.

이후 정마대전을 직접 겪은 세대가 아니라면 아예 마교 내에 처음부터 혈영대라는 조직 자체가 없었다고 느껴질 정도로 그들은 혈영대의 흔적이란 흔적은 모조리 지우고 은폐해 버렸다.

모든 게 비마각의 수장이자 마교의 총군사, 사마결의 지시

, 였다.

정마대전의 영웅임에도 이신의 명성이 외부로 잘 알려지지
않은 것도 바로 그 때문이었다.

기껏해야 '동심회의 총공세 때, 무림맹주 백염도제와 천사련
흑마신과 동수를 이뤄서 저지한 의문의 고수가 있었다' 정도
가 이신에 대한 소문의 전부였다.

그마저도 신빙성이 매우 낮고 허무맹랑하다면서 으레 헛소
문으로 치부되기 일쑤였다.

세상 어느 누가 십대고수의 수좌를 다투는 두 절대고수를
홀로 상대하는 것도 모자라서, 그들과 동수를 이룰 수 있으
랴.

필시 마교 쪽에서 동심회의 사기를 꺾기 위해서 퍼트린 조
작된 정보라고 여겼다.

더욱이 소문이 사실임을 증명해 줘야 할 무림맹주이나 천
사련주가 예의 소문에 관해서 딱히 부정하거나 긍정하는 기
색을 안 보인 것도 컸다.

그 사실을 떠올리면서 단무린은 저도 모르게 비릿한 조소
를 머금었다.

'한심한 작자들.'

절대고수 두 명이서 합공했음에도 천마도 아니고, 기껏해야
이립을 겨우 넘은 무명의 청년과 동수를 이루었다는 건 차마

부정하고 싶은 현실이었으리라.

그 후 얼마 안 있어 두 사람이 폐관 수련에 들어갔다는 것만 봐도 그들이 얼마나 자존심에 크나큰 상처를 입었는지는 굳이 말하지 않아도 알 수 있었다.

'그러니까 네놈들은 안 되는 거다.'

진정으로 강해지고자 하는 자들은 자신보다 강한 자를 기꺼이 인정한다.

오히려 그의 존재를 반긴다.

그를 뛰어넘고자 하는 열의와 향상심이 자신을 보다 더 높은 경지로 끌어올리는 원동력으로 작용한다는 것을 너무나 잘 알기 때문이다.

하지만 백염도제와 흑마신은 차마 이신의 존재를 인정하지 못했다.

그리고 그것은 쉬이 없어지지 않을 마음속의 심마로 남으리라.

그때 이신의 전음이 들려왔다.

[이 이야기는 나중에 다시 하도록 하지. 슬슬 돌아가야 할 시간이군.]

어느덧 두 여인이 포목점에서 한 짐 가득 들고 나오는 게 보였다.

제법 양이 되었기에 이신은 서슴없이 두 사람의 짐을 빼앗듯이 가져다 들었다.

그렇게 장보기까지 모두 다 마치고 나서야 세 사람, 아니 단무린까지 포함해서 네 사람은 장가철방으로 돌아갔다.

점심은 장철만까지 포함해서 함께하기로 미리 정해뒀기 때문이다.

한데 장가철방까지 거의 다 도착했을 때, 웬 노인 하나가 입구 앞에 우두커니 서 있는 게 보였다.

생전 처음 보는 노인의 등장 앞에 고개를 갸웃하는 것도 잠시, 유세화는 이신의 귓가에 대고 자그맣게 속삭였다.

"가가, 저 어르신은 무슨 일로 저기 서 계신 걸까요?"

혹시 장가철방에 따로 볼일이 있기라도 한 걸까?

그녀의 물음에 이신은 별로 대수롭지 않다는 투로 말했다.

"약속 때문이겠지."

"약속이요?"

유세화가 반문하자, 이신은 덧붙이듯 말했다.

"나와의 약속."

"네?"

때마침 노인이 이신 일행 쪽으로 고개를 돌렸다.

우연히 그와 눈을 마주쳐 버린 유세화는 순간 흠칫하였다.

'아!'

노인의 눈은 생각보다 투명하고 온화하였다.

뿐만 아니라 다른 남성들의 경우에는 나이를 불문하고 유세화의 얼굴과 몸을 눈으로 훑게 마련이었는데, 노인은 그냥 한번 그녀를 쓱 보고 넘어갔다.

이어서 신수연의 경우에도 인간 같지 않은 그녀의 아름다운 외모에 살짝 놀란 듯한 눈치였지만, 그게 그가 보인 반응의 전부였다.

오히려 그의 시선이 진득하게 오래 머문 곳은 의외로 두 여인의 사이, 양손 가득 짐을 든 채로 서 있는 이신 쪽이었다.

"너는……."

노인은 살짝 긴가민가한 얼굴로 이신을 아래위로 훑어봤다.

순간 신수연의 고운 아미가 찡그려졌다. 그와 동시에 그녀가 소맷자락을 휘둘렀다.

그러자 허공에서 쩡— 하는 소리가 울리면서 사방으로 무형의 충격파가 퍼졌다.

노인이 쥐도 새도 모르게 날린 암경과 신수연이 날린 암경이 중간에 서로 부딪친 결과였다.

그로 인한 충격파가 막 유세화를 덮치려고 하는 찰나, 이신이 그녀의 앞을 가로막았다.

"가가!"

"괜찮아. 이 정도는 아무것도 아니니까."

유세화를 안심시키면서 이신은 대충 가벼운 손짓으로 충격파를 흩뜨려 버렸다.

간단해 보이지만, 생각보다 어려운 기술이었다.

그걸 바로 한눈에 알아본 이가 있었다.

짝짝짝—!

"훌륭하군. 아무래도 실력이 녹슨 것 같지는 않구만."

노인은 대뜸 박수를 치면서 이신을 칭찬했다. 이에 이신은 살짝 기가 막힌다는 표정으로 말했다.

"보자마자 암경이라니. 그리도 제가 싫으셨습니까?"

"거 무슨 소리인가. 천하의 혈… 아니, 자네에게 그 정도쯤은 가벼운 인사 수준 아닌가?"

능글맞은 미소와 함께 노인이 반문했다.

이신은 살짝 혀를 찼다.

"전 대륙을 다 뒤져 봐도 오랜만에 본 사람에게 인사 대신 다짜고짜 암경부터 날리시는 분은 아마도 어르신밖에 없을 겁니다."

"허허허, 칭찬 고맙네."

누가 봐도 결코 그런 뜻으로 한 말이 아님에도 노인은 뻔뻔하게 이신의 말을 자기 좋을 대로 해석해 버렸다.

이에 뒤에서 지켜보던 유세화는 저도 모르게 두 사람을 번

갈아 바라봤다.

'가가와 서로 아는 사이인가?'

좀 전의 대화를 통해서 유추하기에는 그럴 가능성이 높았다.

이제 이립을 갓 넘긴 이신과 딱 봐도 최소 환갑을 넘어 보이는 노인과 어찌 알게 된 것일까?

거기다 처음에 말한 이신과의 약속이란 건 도대체 무엇일까?

이런저런 의문과 함께 유세화는 다시금 노인을 자세히 살펴봤다.

'그리 심성이 나쁜 분 같지는 않은데……'

단지 여느 사람들보다 유독 장난기가 좀 심하다는 느낌이었다.

당장 좀 전만 하더라도 이신의 경우에는 그냥 대수롭지 않게 웃고 넘어갔지만, 만약 그가 아닌 다른 사람들이 당했다면 그내로 갈부림이 일어났어도 이상하지 않을 만큼 무례한 짓이었다.

'도대체 어떤 사이일까?'

유세화의 호기심은 더욱 커져만 갔다.

반면 노인을 바라보는 신수연의 눈빛은 점점 싸늘하게 식어갔다.

아까 전에는 다짜고짜 이신에게 암경을 날려대더니, 이번에는 저리도 뻔뻔하게 나오다니.

누구보다 이신을 아끼고 따르는 신수연이기에 노인의 무례를 더는 가만히 두고 볼 수 없었다.

곧 뼈가 시릴 정도의 냉기가 그녀의 전신에서 막 수증기처럼 피어오르려는 바로 그 순간!

"드디어 찾았다, 이 망할 늙은이!"

누군가 불쑥 그녀 앞을 가로막았다.

바로 소유붕이었다.

분명 노인을 발견하고 먼저 외치고 움직였을 텐데 어찌나 빠른지 소리를 앞질러 온 것이었다.

"자, 정확하게 반 시진 만에 찾았으니까 어서 약속을 지키시오!"

소유붕의 예상치 못한 등장과 쉬이 알아듣기 어려운 말에 장내는 일순 침묵에 휩싸였다.

그러다 뒤늦게 이신과 신수연 등의 존재를 깨달은 소유붕이 흠칫하고 놀랐다.

"어, 어라? 왜 이곳에 누님과 주군께서? 거기다 유 소저까지?"

심지어 자신이 있는 곳이 장가철방 바로 앞이라는 사실에 그는 적이 놀란 눈치였다.

"…후우."

대충 상황을 이해한 이신이 나지막하게 한숨을 내쉬었다.

이윽고 그는 실눈을 뜬 채 노인에게 말했다.

"제 수하를 상대로 뭘 하신 겁니까?"

"흠흠! 그, 그냥 어쩌다 보니……."

노인은 처음으로 헛기침에 말까지 살짝 더듬으면서 슬쩍 고개를 옆으로 돌렸다. 차마 정면으로 이신과 눈을 마주치기 어려웠기 때문이다.

소유붕은 그런 노인과 이신을 보면서 의아해하였다.

'뭐야? 뭐가 어떻게 돌아가고 있는 거지?'

슬쩍 신수연에게 눈짓으로 물어봤지만, 그녀 역시 노인에 대해서 별로 아는 게 없는 터라 고개만 가로저을 뿐이었다.

'그렇다면……'

이 기묘한 상황을 설명해 줄 수 있는 사람은 장내에 오직 단 한 사람뿐이었다.

이윽고 소유붕의 시선이 움직였다.

신수연과 유세화 역시 마치 사전에 짜기라도 한 것처럼 그와 똑같은 방향을 바라봤다.

세 사람의 시선이 향한 곳.

그곳에 서 있는 사람은 다름 아닌 이신이었다.

자신을 향한 모두의 시선이 어떤 의미인지 깨닫지 못할 그가 아니었다.

그는 노인을 가리키며 말했다.

"소개하지. 이분은 제갈세가의 제갈훈 노선배이시다."

"제갈세가!"

처음 반응한 것은 유세화였다.

노인, 제갈훈의 이름보다는 그가 속한 단체가 오대세가 중 하나인 제갈세가라는 사실에 더 놀란 눈치였다.

반면 소유붕과 신수연의 반응은 그녀와 확연히 달랐다.

제갈세가? 암만 오대세가라고 해도 한낱 가문에 불과할 뿐이다.

어디까지나 중요한 것은 실질적으로 그 가문을 지탱하는 사람들인 법.

그중에서도 제갈훈은 손에 꼽히는 핵심인물이었고, 어떤 면에 놓고 보자면 제갈세가보다도 그의 개인적인 명성이 훨씬 더 높았다.

─신수괴옹(神手怪翁).

제갈훈, 그는 거창한 별호에서 말해주듯이 제갈세가의 모든 기관진식과 토목기술, 그리고 진법까지도 모조리 섭렵한 희대의 장인이었다.

실제로 그가 개발한 진법이나 기관 장치들은 비싼 값으로 거래되어서 제갈세가의 재정을 보다 윤택하게 하는 데 크나큰 도움이 되고 있었다.

하지만 그럼에도 불구하고 세가 내에서 그의 입지는 생각외로 그리 높지 않았다.

이유는 간단했다.

뛰어난 손재주 이상으로 제갈훈의 성격에 치명적인 결함이 존재하기 때문이다.

정파, 그것도 명문세가의 직계혈손인 그의 별호에 괴(怪) 자가 붙어 있다는 사실만 봐도 얼마나 주변 사람들이 그에게 학을 떼는지 알 수 있다.

그제야 소유붕은 이해가 간다는 표정으로 제갈훈을 바라봤다.

'어쩐지 갑자기 내기를 하자고 하더라니…….'

원래부터 어디로 튈지 모르는 성격으로 유명한 늙은이다.

그러니 난데없는 내기로 그를 당혹시키는 것도 모자라서 대뜸 진법마저 펼친 것이리라.

그러다 문득 제갈훈과 눈이 마주친 것을 느꼈다.

정확히는 제갈훈이 그를 바라보고 있었다.

"뭡니까?"

소유붕의 물음에 제갈훈은 전낭에서 예의 진주 은팔찌를

꺼내들었다.

"내기는 자네가 이겼네. 축하하네, 젊은이. 약속대로 이제 이 물건은 자네의 것일세. 한데……."

소유붕이 얼른 빼앗듯이 가져가려고 하기 전에 제갈훈은 한 손으로 그를 막으면서 말했다.

"그 전에 하나만 물어봐도 되겠나?"

"뭘 말입니까?"

"실은 내가 펼친 진법은 운무진뿐만 아니었네. 자네에게 일정 시간 동안 허상을 보여주는 환영진도 몰래 펼쳤었지."

동전 세 개로 펼친 운무진이야 진법의 범위에서 벗어나기만 해도 자연적으로 풀리게 마련이다.

하지만 제갈훈은 동전으로 시선을 빼앗은 뒤, 소유붕이 운무진에서 빠져나오자마자 환영진에 걸리게끔 미리 손을 써 놨다.

못해도 환영진의 허상은 반 시진동안 계속 유지되었을 터.

내기는 십중팔구 제갈훈의 승리로 끝났어야 했다.

그러나 막상 뚜껑을 열어보니 결과는 전혀 딴판이었다.

소유붕이 그가 있는 장소까지, 그것도 제시간 안에 찾아온 것이다.

어찌 그게 가능할 수 있단 말인가?

상식적으로 이해하기 어려우면서도, 동시에 자신의 예상에서 보기 좋게 빗나갔다는 사실이 그의 호기심을 자극했다.

그 개인적인 호기심이 제갈훈으로 하여금 기어코 질문하지 않을 수 없게 만들었다.

"비결이 뭔가? 혹 곤란하다면 나중에 따로 자리를 내서⋯⋯."

"냄새입니다."

"응?"

냄새라니.

설마 지금 냄새로 자신의 뒤를 쫓아왔다고 말하는 것인가?

'무슨 사람이 개도 아니고.'

제갈훈의 표정이 살짝 굳어지려는 찰나, 이신이 소유붕 대신 말했다.

"사실입니다. 믿기 어려울 수도 있지만, 유붕에게는 냄새로 특정 대상을 추적할 수 있는 방법이 있습니다."

백리향.

오로지 혈영대만이 사용하는 소유붕의 특제 추종향이 제갈훈과의 내기에서 그를 승리로 이끈 것이다.

이신의 시선이 소유붕에게 향했고, 그는 코를 슥 만지면서 말했다.

"제 코가 좀 개코이긴 합니다."

"허허허, 정말로 냄새 때문에 덜미를 잡혔다니. 이것 참. 마냥 웃을 수 없는 노릇이군."

다음번에는 오감을 혼란시키는 진법이라도 펼쳐야겠다는 말을 아무렇지 않게 덧붙이는 것도 잠시, 제갈훈은 얼굴에서 웃음기를 싹 지운 채 이신을 바라봤다.

"그래서 바쁜 사람을 여기까지 부른 이유가 뭔가?"

그 말을 듣는 순간, 소유봉을 비롯한 세 사람은 불현듯 떠올렸다.

이틀 전 아침에 장대호가 가져온 서찰을.

그리고 서찰을 보낸 이가 다름 아닌 제갈훈이라는 사실을 본능적으로 깨달았다.

세 사람의 시선이 절로 이신에게로 향했다.

이신은 그들의 시선에 아랑곳하지 않고, 오직 제갈훈만 똑바로 바라보면서 말했다.

"부탁이 하나 있습니다."

"부탁이라. 일단 들어나 보도록 하지."

제갈훈의 말에 이신은 한 치의 망설임 없이 말했다.

"집 한 채만 좀 지어주십시오."

"뭐? 집? 집이라고?"

이건 또 무슨 소리란 말인가?

제갈훈은 일순 어이없다는 표정으로 말했다.

"무슨 목수도 아니고 내가 왜 굳이 그런 일을 그래야 하지?

뭣보다⋯⋯."

제갈훈은 일부러 뜸을 들인 뒤, 매서운 눈빛으로 이신을 노려보면서 마저 말을 이었다.

"자네는 나의 적 아닌가?"

적.

그리 말하는 이유는 명백했다.

제갈훈, 그는 이신의 정체를 알고 있었다.

다름 아닌 혈영사신이라고 불린 이신의 숨겨진 과거에 대해서 말이다.

더욱이 그는 정마대전 당시, 이신과 서로 적으로서 마주쳤다는 것을 간접적으로 드러냈다.

그 사실을 눈치챈 소유봉과 신수연, 그리고 근처에서 은신하고 있는 단무린의 표정이 굳어졌다.

그러나 정작 말을 들은 이신은 일절 표정의 변화 없이 담담하게 말했다.

"그렇다면 다르게 말하지요. 그날 못 다한 승부⋯⋯."

"승부?"

유세화가 저도 모르게 뇌까렸다.

물론 장내에 있는 사람 중에서 그녀의 말에 반응한 이는 아무도 없었다.

모두의 시선이 오로지 이신과 제갈훈에게만 집중되었다.

그러한 와중에 한참 동안 뜸을 들이던 이신은 마침내 못 다한 말을 끝맺었다.

"오늘을 마지막으로 종지부를 찍도록 하지요."

第四章

건곤차력미환진(乾坤借力迷幻陣)

"못 다한 승부라. 그리운 추억이로군."

그렇다.

말은 그리 했지만, 정작 제갈훈의 표정은 전혀 과거의 추억을 되새기는 자의 얼굴이 아니었다.

오히려 잊고 싶은 괴로운 기억을 억지로 상기하고 있다는 쪽에 가까웠다.

그런 불편한 기색을 숨김없이 드러내면서 제갈훈은 마저 말을 이었다.

"그건 엄연히 자네의 승리 아니었나?"

"저는 어르신의 승리라고 생각합니다만?"

이신은 진심으로 그리 생각하는 표정이었다.

이에 제갈훈은 살짝 일그러지려는 얼굴을 애써 미소로 숨기면서 말했다.

"끌끌끌, 이보게. 나는 세상 사람이 다 인정하는 진법의 대가일세. 그런 내가 만든 진법이 한낱 무식한 칼잡이 따위한테 파훼됐다는 것만으로도 이미 진 거나 다름없는 거 아닌가?"

제갈훈의 말이 끝나기 무섭게 유세화는 온몸에 전율이 쫙 흐르는 것을 느꼈다.

신수귀옹의 진법이 파훼됐다.

천하에 누가 그 말을 순순히 믿을까?

그것도 진법조차 정식으로 배우지 않은 칼잡이에 의해서 파훼되었다는 말은 더더욱 믿기 어려웠다.

그리고 문맥상 제갈훈이 말하는 칼잡이가 누구냐는 굳이 말하지 않아도 알 수 있었다.

"그 칼잡이가 바로 자네였지. 이래도 내가 이겼다고 할 텐가?"

'역시나!'

자신의 생각이 맞았다는 사실에 기뻐하는 것도 잠시, 유세화는 곧 의아했다.

제갈훈은 제갈세가의 사람, 현 무림맹의 신안각주 제갈용연 역시 그러했다.

물론 정마대전 당시 그들의 소속은 동심회였다.

한데 마찬가지로 동심회 소속으로 정마대전에 참여했던 이신과 그가 부딪쳤다? 그것도 적으로서?

지금 제갈훈이 거짓말을 하는 게 아니라면, 이신과 적이었다는 그의 말이 정녕 사실이라면 뭔가 말의 앞뒤가 맞지 않았다.

'그러고 보니 가가는 유독 정마대전 당시에 대해선 두루뭉술하게 넘어갔어.'

왜일까?

처음에는 정마대전 당시의 처절했던 전장에서의 기억을 떠올리는 게 싫었기 때문이라고 여겼다.

한데 그게 다가 아니었다.

유세화는 이신이 자신에게 숨기고 있는 뭔가가 잇음을 처음으로 직감했다.

아니, 그간 어렴풋이 느끼고 있던 위화감의 정체를 깨달았다는 게 정확했다.

그러는 사이, 이신이 고개를 내저으며 말했다.

"진법은 깬 건 사실이지만, 저는 지금까지도 그 진법의 생문이나 파훼법을 전혀 알지 못합니다. 그저 무식하게 힘으로 파괴한 것에 불과할 뿐이죠."

으레 진법을 상대할 때는 파훼법을 찾아내서 진법 자체를 무효화시키거나, 아니면 생문을 찾아서 진법을 빠져나오는 것이 일반적인 통설이다.

하지만 이신이 그런 걸 죄다 무시하고, 오직 압도적인 힘만으로 제갈훈의 진법을 파훼했다.

아니, 말 그대로 짓뭉개 버렸다고 해야 할까.

말이 오류의 경지이지, 당시 이신의 내력은 족히 일 갑자였다.

배화륜 다섯 개로 한번에 배가할 수 있는 내력은 통상 내력의 무려 다섯 배!

자그마치 한 번에 오 갑자에 달하는 내력의 공격을 일순간 초식에 담아서 펼쳤는데, 전 무림에서 따져 봐도 그런 일이 가능한 사람은 몇 안 되었다. 고작해야 마교의 천마나 우내삼신 정도가 다였다.

아무튼 그런 식으로 진법을 깬 게 과연 정상적으로 진법을 파훼했다고 볼 수 있을까?

아니었다.

무력으로는 몰라도, 제갈훈의 진법 그 자체를 깼다고는 말하기 어려웠다.

"더욱이……."

"더욱이 뭔가?"

제갈훈은 이신의 말을 중간에 끊으면서 물었다.

담담한 척하지만, 당시에 그가 겪었던 패배에 대한 충격과 분노가 그의 질문 속에서 고스란히 느껴졌다.

그걸 이신도 느꼈지만, 일부러 모른 척하면서 말했다.

"저는 어르신의 진법은 통과했지만, 대신 큰 위기에 빠졌지요."

비록 진법이 파괴되긴 했지만, 대신 그 사이에 제갈훈은 미리 대기시켜 둔 동심회의 고수들을 불러들였다.

그 결과, 이신은 혼자서 수십 명의 동심회 고수에게 둘러싸이는 최악의 상황을 맞이하고 말았다.

그들은 최대 초절정에서 못해도 절정 수준까지 되는 정예 중의 정예들이었다.

당시 이신의 배화공은 기껏해야 오류의 경지.

더욱이 내력도 남들보다 부족한 편이라서 혼자서 초절정급 고수까지도 충분히 상대할 수준까지는 되었지만, 그 이상은 감당하기에 역부족이었다.

때문에 기회를 틈타서 서둘러 도망쳤지만, 이번에는 천라지망(天羅地網)이 그를 기다렸다.

악재의 연속!

만약 중간에 인근에서 대기 중이던 혈영대 동료들의 도움이 없었다면, 임무고 뭐고 간에 그날로 그의 목숨은 끝장났을 것이다.

그렇기에 이신은 자신의 임무를 방해한 것도 모자라서 목숨마저 위태롭게 만든 제갈훈에게 사실상 진 거라고 여기고 있었다.

하지만 제갈훈의 생각은 조금 달랐다.

"흥! 그렇게까지 했는데도 끝내 자네를 붙잡는 데는 실패했지."

그날 제갈훈은 미리 세작을 통해서 침입자가 있을 거라는 보고를 받은 상태였다.

때문에 만만의 준비를 다 하고 이신을 기다린 것이었는데, 무난히 침입자를 잡을 수 있을 거라고 여겼던 당초의 예상은 완전히 빗나가고 말았다.

그의 자존심이라고 할 수 있는 진법은 허무하게 파훼되었고, 기껏 준비해 둔 고수들은 무려 반절 이상이 목숨을 잃거나 큰 중상을 입었다.

심지어 최후의 수단으로 준비해 둔 반경 수십 리에 달하는 천라지망도 끝내 뚫리고 말았다.

이래서야 누가 그를 보고 이겼다고 보겠는가?

그건 상처뿐인 승리였다.

그렇기에 평생토록 잊을 수 없었다.

그날의 이신을.

처음으로 자신에게 패배를 안겨준 자에 대한 기억을 말이다.

안 그랬으면 그전까지 맡고 있던 동심회의 총사 자리를 조카 제갈용연에게 고스란히 넘기고, 이제는 현직에서 물러나 뒷방늙은이를 자처하던 그가 고작 서찰 한 장 때문에 직접 이곳 무한까지 올 일은 없었으리라.

'한데 기껏 하는 말이 집을 지어달라니.'

어처구니가 없는 걸 넘어서 화가 날 지경이었다.

제갈훈의 입장에서 보자면 주먹부터 나가지 않은 게 오히려 용할 지경이었다.

"어쨌든 간에 그날의 승부를 다시금 짓자는 것에 대해서는 굳이 반대하지 않겠네. 나 역시 지난 몇 년 간 자네에게 설욕할 기회만 노리고 있었으니까."

패배에 대한 설욕.

오직 이 순간만을 위해서 만들어둔 비장의 진법이 하나 있었다.

"한데……"

문득 제갈훈이 말끝을 살짝 흐렸다.

그는 하마터면 깜빡 잊고 넘어갈 뻔했다는 표정으로 말했다.

"만약 내가 이 승부에서 이긴다면, 자넨 나에게 무엇을 해

줄 수 있나?"

뜻밖의 질문이었다.

이신이 물끄러미 바라보자 제갈훈은 피식 웃으면서 말했다.

"기왕 할 거 확실히 해두는 게 좋지 않겠나? 더불어서 뭐가 걸려 있는 편이 훨씬 더 승부욕을 자극할 테고 말이야."

반대로 이신이 승부에서 이길 경우에 대해선 일절 묻지 않았다.

그가 뭘 요구할지는 이미 다 알고 있었기 때문이다.

운중장의 재건축.

그걸 넘어서 제갈훈이 가지고 있는 기관진식 기술과 진법까지 총동원된 아주 철통같은 요새를 만드는 것이 그의 목적이었다.

애당초 그럴 심산으로 제갈훈을 이곳 무한까지 부른 게 아니던가.

아무튼 제갈훈의 물음에 이신은 오른쪽 손가락 하나를 펼치면서 말했다.

"딱 한 번. 어르신이 원하실 때, 제 힘을 빌려드리겠습니다."

그의 말이 듣고 나서 유세화가 살짝 당황스럽다는 표정을 지었다.

누가 들어도 이신의 말은 그저 몸으로 때우겠다는 식으로밖에 안 들렸다.

혹여 제갈훈이 화내지 않을까 노심초사하는 것과 달리 그는 언성을 높이거나 불쾌하다는 표정을 짓기는커녕, 의외로 흔쾌히 고개를 끄덕였다.

심지어 그가 덧붙인 한마디가 순간 그녀의 귀를 의심케 했다.

"자네의 도움을 한 번이라도 받을 수 있다면 충분히 남는 장사로군."

자신의 손으로 손수 지은 장원보다 이신의 도움 한 번을 훨씬 더 높이 치는 듯한 제갈훈의 태도.

유세화는 좀체 이해할 수 없다는 표정을 지었다.

아무리 이신의 무공이 뛰어나다고 해도, 그래봐야 한 개인에 불과하지 않은가?

개인의 능력에는 엄연히 한계가 있게 마련이었다.

하지만 그녀가 미처 간과한 사실이 있었다.

때로는 한 개인이 가진 능력이 모든 판세를 뒤집을 만큼의 결정적인 요인으로 작용할 때가 있다는 것을.

더욱이 그 상대가 정마대전을 끝마치는 데 결정적인 역할을 한 혈영사신이라면, 그 가치는 가히 천군만마를 얻는 것 이상이라고 봐야 했다.

이 자리에 있는 사람들 가운데서 그 사실을 모르는 것은 오직 그녀 혼자뿐이었다.

그렇게 승패 여부에 따른 조건이 정해지자 제갈훈은 말했다.

"자, 그럼 장소를 옮기지."

이신은 흔쾌히 고개를 끄덕였다.

길 한복판에서는 진법이나 무공을 펼치기 애매했기에 제갈훈의 말마따나 장소를 옮기는 편이 나았다.

"마침 좋은 장소가 있습니다."

그의 말에 제갈훈이 의미심장한 미소를 지었다.

"보기보다 준비성이 철저하군."

좋은 장소가 있다는 말이 바로 튀어나온 것부터가 미리 제갈훈과 승부를 펼칠 장소를 준비해 뒀다는 증거였다.

그런 제갈훈의 지적을 못 들은 체하면서 이신은 앞장섰다.

그의 귓가로 단무린의 전음이 들려왔다.

[유 소저도 데려가실 겁니까?]

너무 그녀에게 많은 걸 보여주는 게 아니냐는 우려의 표시였다.

실제로 소유봉과 신수연 역시 유세화 모르게 이신에게 그와 비슷한 뜻을 담긴 시선을 보내고 있었다.

이신은 모두가 알 수 있게 고개를 살짝 끄덕였다.

[그녀도 이제 슬슬 알 때가 되었으니까.]

그 말은 이번에 유세화를 대동하기로 한 이신의 선택이 결코 즉흥적인 게 아니라는 소리였다.

'앞으로 흑월과의 싸움은 치열해질 것이다.'

마운기의 경우만 놓고 보더라도 그건 쉬이 유추할 수 있는 사실이었다.

어쩌면 마운기 이상의 무서운 고수가 나타날지도 모른다.

그러면 이신도 더는 자신의 본 실력을 숨길 수 없을 것이고, 그렇게 될 경우 본의 아니게 유세화 앞에서 마교 출신이라는 것이 들통 날 가능성도 다분하였다.

행여나 그렇게 되기 전에 차라리 이신 쪽에서 먼저 자신의 비밀을 밝히는 편이 나았다.

그런 이신의 뜻을 알아들었는지 단무린 등은 더는 뭐라고 하지 않았다.

그렇게 그들은 장가철방 앞을 떠났고, 이윽고 도착한 곳은 실로 의외의 장소였다.

"여긴?"

그들이 도착한 곳은 다름 아닌 과거 금와방이라고 불리던 장원 앞이었다.

제갈훈은 곧장 이게 뭐냐는 표정으로 이신을 바라봤고, 이신은 태연한 표정으로 말했다.

"누구의 방해도 받지 않고, 더불어서 제법 공간도 넓은 곳이죠."

확실히 그의 말대로 금와방의 부지는 상당히 넓은 축에 속했다.

거기다 문파로서의 구색도 제법 갖춘 듯 안으로 들어가자 이내 질 좋은 청석이 깔려져 있는 널찍한 연무장이 그들을 반겼다.

"이만하면 충분하시겠지요?"

제갈훈은 주저 없이 고개를 끄덕였다.

충분한 것을 넘어서 오히려 약간 과하다 싶을 정도로 연무장은 잘 정비되어 있었다.

자세히 살펴보니 곳곳의 설비도 새것처럼 깔끔하였다.

주인 없는 장원이라고 보기 어려울 정도.

그도 그럴 게 조만간 유가장에서는 거점을 이곳으로 완전히 옮길 참이었다.

이유는 간단했다.

금와방의 장원이 무한 시내의 중심에 위치한 터라 다소 외곽으로 떨어져 있는 현재의 유가장보다는 앞으로의 활동에 있어서 훨씬 유용하다고 판단했기 때문이다.

공연히 멀쩡한 부지와 건물을 버려두는 것보다는 그 편이 훨씬 유용하기도 할 테고 말이다.

그렇게 새로운 집주인보다 먼저 연무장 위에 발을 들이게 된 이신과 제갈훈은 이내 적당히 간격을 벌린 채 마주보고 섰다.

그리고 이신의 손이 허리춤의 영호검 쪽으로 향하는 순간, 제갈훈의 손이 한발 먼저 빠르게 움직였다.

핑핑핑—!

제갈훈의 손에서 동전 세 개가 튕겨져 날아갔다.

그걸 본 소유붕이 외쳤다.

"주군, 조심하십……!"

제갈훈이 동전만으로 진법을 펼칠 수 있다고 서둘러 말해 주려고 했으나, 그보다 먼저 이신의 눈앞을 가리기 시작했다.

운무는 단순한 시야뿐만 아니라 주변의 소리까지 단절시켜 버렸다.

덕분에 현재 이신이 들을 수 있는 것은 오직 자신의 숨소리뿐이었다.

'운무진인가?'

도저히 동전 세 개로 펼쳤다고는 믿기 이려울 만큼 정교한 진법이었다.

진법의 범위가 정확하게 어디까지 정도인지 확인하려는 순간, 이신의 귓가로 늙수그레한 음성이 들려왔다.

[여기서 끝이라고 생각하진 않겠지?]

핑핑핑—!

제갈훈의 음성이 끝나기 무섭게 동전 튕기는 소리가 울렸다!

그 순간, 이신의 앞에는 운무뿐만 아니라 그 끝이 어디에 이어져 있는지 쉬이 예측할 수 없는 복잡한 미로가 펼쳐졌다.

처음 연무장의 모습은 이미 온데간데없었다.

[하나 더!]

핑핑핑—!

다시금 제갈훈의 음성과 함께 동전 튕기는 소리가 거의 동시다발적으로 들려왔다.

그러자,

—깔깔깔깔깔~!

—호호호호호호~!

요사스러우면서 묘하게 교태 어린 여인들의 웃음소리가 쉴 새 없이 사방에서 들려오기 시작했다. 이신은 그것이 환청임을 직감했다.

단순히 환청에서 끝나지 않았다.

곧 미로 가운데 서 있는 이신의 주위로 거의 헐벗다 싶은 옷차림의 미녀들이 하나둘씩 나타나서 연체동물처럼 흐느적거리면서 색정적으로 춤을 추기 시작했다.

미녀들의 생김새는 제각각이었지만, 하나같이 이신을 향해서 정념이 가득한 눈길을 보냈다.

간간이 그녀들의 손길은 이신의 드러난 살갗과 가슴 언저리 등을 과감하게 훑고 지나가기도 했다.

그 느낌은 도저히 그녀들이 환영 속의 존재라고 여기기 어려울 만큼 현실적이었다.

동시에 일반적인 사내라면 금방이라도 혼이 나갈 만큼 황홀하고 짜릿한 체험이기도 했다.

하지만 처음 그녀들의 웃음소리가 주변을 가득 채웠을 때부터 이미 이신은 깨닫고 있었다.

지금 여인들이 펼치고 있는 춤사위는 겉보기엔 화려하고 아름다워 보이지만, 동시에 그를 파멸로 이끌 치명적인 독 역시 품고 있다는 사실을.

결코 거기에 넋이 나가서는 안 된다고 이신의 본능이 그에게 강하게 경종을 울려댔다.

이에 이신은 곧바로 단전의 내력을 일으켜서 한차례 운기하였다.

그러자 조금 흐려졌던 그의 정신이 약간 맑아지는 듯한 느낌이었지만, 그것은 근본적인 해결책이 될 수 없었다.

이신이 반항하면 할수록 여인들의 춤사위는 더욱 격렬해지고, 그의 몸을 더듬는 손길 역시 과감해졌다.

이대로 가다간 진법을 벗어나기도 전에 환영과 환청에 의해서 정혈이 고갈되어 산채로 목내이가 될 판국이었다.

'대단하군.'

제갈훈이 바보가 아닌 이상, 뭔가 준비했을 거라고 어느 정도 예상하긴 했다.

그렇지만 설마 이렇게 한 번에 여러 개의 진법을 동시에 펼칠 줄은 미처 예상치 못했다.

상대의 시야를 가리는 운무진부터 시작해서 원래 알던 길마저 헤매게 만드는 미로진, 그리고 거짓된 환영으로 현혹하는 환영진까지……

하나하나가 그 완성도가 뛰어나서 도저히 순식간에 펼친 거라고는 믿기 어려울 수준이었다.

제갈훈이 그간 얼마나 이를 갈고 노력해 왔는지 뼈저리게 알 수 있을 정도였다.

하지만 제갈훈은 단순히 여러 개의 진법을 연속해서 펼치는 데서 만족하지 않았다.

[예전에도 자네는 이 정도 진법은 금방 깨버렸지. 그래서 특별히 준비했네. 설령 자네라고 한들 깰 수 없는 필살(必殺)의 진법을!]

그리고 제갈훈의 외침이 끝나는 순간, 이신의 눈앞에서는 지금까지와는 비교조차 할 수 없는 일들이 벌어졌다.

*　　　　*　　　　*

"시작됐군."

소유붕이 초조한 안색으로 연무장을 가득 채운 운무를 바라봤다.

조금 전 이신을 집어삼킨 운무는 절대 그 안에서 일어나는 일을 보여주지 않겠다는 듯 주변으로부터 완벽하게 격리된 상태였다.

제갈훈은 거기서 그치지 않고 세 개의 동전을 연달아 두 번씩 더 튕겨서 날렸다.

그러자 연무장 위를 가득 채웠던 운무는 바깥에 있던 제갈훈마저 집어삼켰고, 종국에는 하늘마저 가릴 만큼 그 규모가 커졌다.

이윽고 그 안에서 지금껏 들려오지 않던 소음이 들려왔다.

끼아아아아악—!

듣는 이의 심장을 옥죄는 듯한 착각이 들 만치 소름끼치는 귀곡성!

이에 소유붕 등은 얼른 두 귀를 막았지만, 정작 지금 운무진 안에 있는 이신의 귀에는 그것이 미녀의 교태로운 웃음소리로 들릴 거라고는 차마 상상조차 할 수 없었다.

유세화가 살짝 창백해진 얼굴로 말했다.

"지, 진법이란 게 원래 이런 건가요?"

그녀는 진법이란 것을 말로만 들어봤을 때, 실제로 보기는 이번이 처음이었다.

그런 그녀라 할지라도 지금 눈앞의 진법이 결코 평범한 게 아니라는 것쯤은 알 수 있었다.

애당초 동전만으로 진법을 펼친다는 것 자체가 범상치 않았지만 말이다.

그녀의 물음에 대답한 것은 소유붕이 아닌 어느샌가 은신을 풀고 신형을 드러낸 단무린이었다.

"제갈세가의 시조, 제갈무후는 자연지물의 배치를 이용해서 호풍환우(呼風喚雨)를 일으켰다고 알려져 있습니다. 그것이 그 유명한 팔진도(八陣圖). 이른바 모든 진법의 원조격이라 할 수 있지요."

"팔진도?"

"그를 가리키는 정확한 명칭은 따로 있다고 하지만, 대외적으로는 그리 불립니다. 그리고 전해지기로 신수괴옹은 바로 그 팔진도의 극의를 모두 깨달은, 사실상 유일한 전승자라고 할 수 있지요."

그러면서 단무린은 설명했다.

얼핏 보기엔 제갈훈이 동전을 대충 던져서 진법을 펼치는 것 같지만, 사실상 그것은 엄연히 정확하고 치밀한 계산을 토대로 한 것이라고.

단지 제갈훈이 너무나 쉬이 펼치기에 그것이 별것 아닌 것처럼 느껴질 뿐이었다.

"흔히 도가에서 전해지는 대지약우(大智若愚)란 말을 떠올리시면 이해하기 쉬울 겁니다."

단무린의 말이 끝나자마자 유세화는 새삼스럽다는 표정으로 그를 바라봤다.

어쩜 그리도 진법에 대해서 박식하느냐는 그녀의 눈빛에 단무린은 웃으면서 말했다.

"제 사부님께서도 신수괴옹만큼은 아니지만, 그래도 나름 진법에 일가견이 있으신 분이었죠. 형님께서도 그분께서 진법에 관해서 몇 수 배운 것으로 알고 있습니다."

비록 단무린은 겸손하게 말했지만, 사실 그의 사부 환마종주는 무려 마교에 전해져 내려오는 모든 진법과 환술을 섭렵한 자였다.

오히려 신수괴옹보다 뛰어나면 뛰어났지 결코 뒤진다고 볼 수 없었다.

그러던 어느 날. 이신이 대뜸 그를 찾아와서 무릎 꿇고 빌었다.

─진법에 대해서 알고 싶습니다.

처음에는 헛소리 작작하라면서 무시한 환마종주지만, 매일같이 빠짐없이 찾아와서 무턱대고 가르침을 구하는 이신의 한결같은 태도 앞에서는 그도 두 손 두 발을 들지 않을 수 없었다.

결국 천둔진을 비롯해서 환마종 내에서는 기초적인 수준의 진법들을 가르쳐 줬다.

그 후로 곧잘 실전에서 써먹을 정도로까지 발전한 것을 생각하면 그가 결코 진법을 대충 익힌 게 아님을 알 수 있었다.

사부 환마종주도 오랜만에 가르치는 보람이 있었다면서 남몰래 흐뭇해하였다.

이에 이신이라는 인물에 대한 호기심을 느낀 단무린은 그 길로 실전 경험을 쌓겠다는 핑계하에 혈영대로 자원했다.

그리고 몇 년도 지나지 않아서 차기 환마종주라는 자리를 과감히 버리고, 이신의 수하를 자청하게 되었다.

그 일로 환마종주는 충격에 몸져눕고야 말았고, 덕분에 이신을 볼 때마다 '그때 네놈의 청을 들어주는 게 아니었는데! 이 육시럴할 놈!'이라고 외쳐 댔다.

아무튼 그렇기에 신수연 등과 달리 단무린은 다소 편안한 마음으로 상황을 지켜볼 수 있었다.

'운무진과 미로진, 그리고 환영진까지 복합적으로 중첩되어진 다중진(多重陳)이다. 다소 시간이 걸리긴 하겠지만, 형님 정

도의 실력이라면 충분히 깰 수 있을 것이다. 문제는……'

천하의 신수괴옹이 유일하게 자신의 진법을 깬 자를 상대하는데 고작 다중진 정도를 가지고 설욕전에 나설 턱이 없었다.

'뭔가가 더 있다.'

그것은 예상을 넘어서 확신이었다.

그리고 그의 확신을 증명해 주듯 운무진 안에서 지금까지와는 비교할 수 없는 기운의 요동이 느껴지기 시작했다.

*   *   *

지금까지 이신을 희롱하던 미녀들은 온데간데없이 사라졌다.

그 빈자리를 대신하듯 피에 젖은 남녀들이 그의 눈앞에 나타났다.

개중 한 사내가 원독 어린 음성으로 외쳤다.

─칠호, 왜, 왜 나를 죽인 거냐! 네놈 때문에, 네놈 때문에 나는 이 지옥을 헤매고 있단 말이다!

처음엔 그가 누군지 못 알아봤으나, 이신은 곧 기억해 냈다.

'이호.'

혈영대에 들어가기 전 마혼관(魔魂關)에서 수련할 당시, 그와 같은 숙소를 쓰던 동료 중 한 명이었다.

이호는 연신 그를 원망 어린 눈으로 쳐다봤다.

당연한 일이었다.

마혼관의 수련 최종 단계까지 살아남은 훈련생들은 그간 함께해 온 동료를 죽여야 하는 시험을 치르게 되는데, 당시 칠호라고 불렸던 이신의 암살 대상은 바로 이호였다. 물론 알고 죽인 건 아니었다.

시작하기 전에 모두 복면을 쓴 채로 시험은 치러졌고, 우여곡절 끝에 그를 죽인 다음에야 이신은 비로소 그가 이호라는 걸 알았다.

그 외에도 이신이 과거에 알고 있던 사람들, 그러나 지금은 죽은 이들이 이호와 마찬가지로 그를 향해서 원망 어린 독설을 연신 토해냈다.

하지만 정작 이신은 눈 하나 깜짝하지 않았다.

'제법 잘 만들어지긴 했지만, 어차피 전부 과거의 환영일 뿐.'

그렇기에 그는 눈앞의 망령이 내뱉는 독설에 현혹되지 않고, 도리어 가까이 다가오는 그들을 일 검에 모조리 베어 넘겼다.

그 후로도 망령들이 계속 나타났지만, 이신은 단 한 번도 그들을 베길 주저하지 않았다.

심지어 사부 종리찬의 모습도 보였지만, 그의 말을 듣지도 않고 단칼에 쓸어버렸다.

그 모습이 실로 비정하게 느껴질 정도였지만, 일개 환영 따위에 휘둘릴 만큼 그는 나약하지 않았다. 애당초 그랬다면 정마대전에서 살아남지도 못했을 터이다.

그렇게 망령들이 나타나는 족족 베어 넘기는 가운데, 이신은 문득 이상하다는 걸 느꼈다.

'환영들이 점점 더 강해지고 있어.'

처음에는 한 번의 칼질로도 충분히 없앨 수 있었던 것이 점점 한 명을 해치우는데 휘두르는 칼질의 수가 늘어났다.

그 변화가 너무 자연스러워서 미처 눈치채지 못하고 넘어갈 뻔했달까.

'거기다 어쩐지 내력이 금방 회복이 안 되는 느낌이다.'

단순한 착각으로 넘어가기엔 시간이 지날수록 몸에 쌓이는 피로도가 상당했다.

항시 내력이 끊임없이 온몸을 순환하는 경지에 이른 이신이라고는 믿기 어려울 만큼 상황이 좋지 않았다.

'혹시 나의 힘을 이용해서 진법을 유지하는 건가?'

충분히 그럴 가능성은 있었다.

처음의 환영진만 하더라도 미녀들의 웃음소리 등으로 그의 정혈을 고갈케 하는 방식으로 유지되는 구조였으니까.

그 피해가 미약하기에 내버려 뒀을 뿐인데, 그것과는 비교가 안 되는 피로감이 점점 이신을 지치게 했다.

'이 이상 환영들을 상대해선 안 된다.'

이래서야 순전히 제 살 깎아먹기일 뿐이었다.

뭔가 진법에서 벗어날 방법을 찾아야 했다. 서둘러 주변을 두리번거렸지만 뿌연 운무와 미로 때문에 제대로 살펴보기 어려웠다.

'설마 이 운무진과 미로진은……?'

어딘가에 있을 진법의 생문을 숨기기 위한 게 아닐까?

그렇지 않고서야 별다른 피해조차 주지 않은 운무진과 미로진을 계속 펼칠 이유가 없었다.

이런 저런 가능성을 모색하는 가운데, 문득 이신은 더 이상 예의 환영들이 나타나지 않는 것을 깨달았다. 그나마 있던 환영들도 거짓말처럼 사라진 지 오래였다.

'뭐지? 무슨 일이 일어나고 있는 거지?'

뭔가 조짐이 이상했다.

그가 살짝 긴장하면서 주변을 경계하고 있을 때였다.

[이제부터가 진짜라네.]

갑자기 들려온 제갈훈의 음성!

동시에 이신의 눈앞에 웬 두 명의 인영이 나타났다.

가슴팍까지 내려오는 길다란 턱수염만 유독 눈처럼 새하얗고 그 외엔 많게 봐야 오십 전후로밖에 안 보이는 온화한 표정의 중년인.

그리고 금색실로 용 문양이 화려하게 수놓아진 검은 장포를 두른 날카로운 눈매의 중년인.

서로 상반된 분위기를 풍기는 그들을 보는 순간. 이신의 눈이 저도 모르게 커졌다.

"백염도제, 그리고 흑마신?"

각기 무림맹과 천사련의 주인을 맡고 있고, 정마대전 당시에는 동심회의 회주를 무려 공동으로 맡았던 두 명의 거두!

정마대전 이후로는 다시는 못 볼 줄 알았던 그들을 이런 식으로 재회하게 될 줄이야.

'그렇군. 지금까지 내가 상대한 환영들은 어디까지나 미끼일 뿐이었나?'

백염도제와 흑마신을 동시에 등장시키기 전의 준비운동으로서 말이다.

'과연 필살의 진법이라고 할 만하군.'

환마종주로부터 진법을 배운 그이기에 지금 눈앞의 두 사람이 환영이라는 것쯤은 진즉에 눈치챈 상태였다.

그리고 좀 전의 망령부터 시작해서 지금 두 사람의 환영까지 전부 무엇으로부터 비롯된 것인지도 잘 알았다.

'아마도 내 심층심리 안에 잠재되어 있던 기억을 강제로 되살려서 재현하는 식이겠지.'

이를테면 그의 평생을 통틀어서 가장 강렬하거나 혹은 힘들었던 상대와의 싸움을 재현하는 식으로 말이다.

그에게 있어서 백염도제와 흑마신과의 싸움이 바로 그러한 경우였다.

'설마 이런 식으로 나올 줄이야.'

예전에 이신이 상대했던 제갈훈의 진법은 앞서 겪은 다중진 정도의 수준이었다.

그렇기에 그 이상 뭘 보여줄 수 있을까 싶었는데, 이건 완전히 격이 달라도 너무 달랐다.

이신이 당혹해하는 걸 예상이라도 한 듯 제갈훈의 음성이 들려왔다.

[특별히 모신 손님들이다. 과연 네가 그들을 이길 수 있을까?]

마교의 혈영사신이 백염도제와 흑마신을 상대로 동수를 이루었다.

동심회 간부 내에서 그 사실을 모르는 이는 없었다.

물론 대체로 이신이 뭔가 사술이나 암수를 썼을 거라는 의견이 지배적이었지만, 제갈훈은 달랐다.

그는 정말로 이신이 그 둘을 상대로 동수를 이룰 정도의 고수라는 전제하에 이 진법을 만들어 냈다.

　ー건곤차력미환진(乾坤借力迷幻陣).

　오직 이신이 엄청난 실력의 고수이기에 펼칠 수 있는 필살의 진법이었다.
　'너는 절대로 그들을 이길 수 없다. 아니, 이기는 그 순간부터 지옥은 시작되리라!'
　스스로의 힘에 의해서 끝내 파멸하게 되는 지옥으로 말이다.
　스릉! 쿠오오오오오ー!
　그러는 사이, 백염도제가 커다란 대도를 뽑아 들고, 흑마신은 자신의 분신과도 같은 흑마강기(黑魔?氣)를 전신에 둘렀다.
　이에 이신은 실제 백염도제와 흑마신과 마주했을 때의 긴장감과 상황에 어울리지 않는 두근거림을 동시에 느꼈다.
　그럴 수밖에 없었다.
　'칠륜의 경지 때 겨우겨우 동수를 이룬 상대들이다. 과연 팔륜의 경지에 이른 지금은 어떨까?'
　순수한 호승심과 적절한 긴장감이 이신의 심장을 절로 두근거리게 했다.

그리고 이내 푸른 도강과 검은 권강이 그를 덮쳐 왔다.

콰과과광!!

꿍음과 함께 원래 이신이 서 있던 바닥에 커다란 구덩이가 생겨났다.

이신은 어느새 허공으로 몸을 날린 상태였다.

그 상태서 이신은 영호검을 휘둘렀다.

쉐에에에에에엑—!

공간을 그대로 가로로 일도양단하는 일검!

심형살검식의 제일초식 섬뢰였다.

그러자 백염도제가 단숨에 도망의 발전형, 도벽(刀壁)을 펼쳤고, 그 뒤에서 흑마신은 수십 개의 권강을 소나기처럼 날려 댔다.

콰과과과광!

도벽과 권강의 비에 상쇄되는 섬뢰.

이신은 거기서 멈추지 않고, 이번에는 수중의 영호검을 날렸다.

비검술을 뛰어넘은 이기어검술이었다.

그러자 맞은편의 백염도제 역시 이기어도술로 대응했다.

챙챙챙챙—!

허공에서 백염도제와 대도와 이신의 영호검이 부딪쳤다 떨어지길 반복했다.

그 힘은 실로 백중지세!

그 순간, 이신은 뭔가 이상하다는 것을 깨달았다.

'정확히 나와 같은 양의 내력을 사용한다?'

백염도제나 흑마신은 엄연히 가진 바의 내력의 성질이 다르고, 초식에 담긴 위력 역시도 천차만별이었다.

한데 지금 그의 눈앞에 있는 두 사람은 무슨 초식이든 간에 마치 거울에 비춘 듯 이신이 펼치는 초식과 똑같은 양의 내력만 담을 뿐이었다.

그것이 의미하는 바는 하나뿐이었다.

'내 공격에 실린 힘을 그대로 이용하는 거다!'

그렇게밖에는 달리 해석할 수 없었다.

거기다 진짜 백염도제와 흑마신이라면 결코 이런 식으로 단순하게 힘으로 밀어붙이는 방식의 공격밖에 하지 않았을 리가 없다.

겨우 이 정도라면 지금의 이신 실력이라면 눈 깜짝할 새에 해치울 수 있었다.

하지만 이신은 선뜻 그러진 못했다.

자신이 사용한 공격만큼의 힘을 그대로 비축해서 되돌려 주는 건곤차력미환진의 공능 때문이었다.

행여 팔륜으로 내력을 배가시켜서 공격한다면 스스로 목을 옥죄는 결과만 벌어질 뿐이었다.

'한시라도 빨리 생문을 찾아야 한다!'

그러나 운무진과 미로진 때문에 곧바로 생문을 찾기란 요원할 따름이었다.

'정말로 그럴까?'

백염도제와 흑마신의 환영이 쏟아내는 공격을 피하면서 문득 이신의 뇌리에 떠오른 의문이었다.

동시에 단무린의 사부, 환마종주에게서 진법에 대해서 배울 때 들었던 말이 떠올랐다.

―무공의 초식에 허와 실이 있듯이 엄연히 진법에도 허와 실이 존재한다. 특히 진법은 무공과 달리 육안으로 보이는 것만이 아닌 그 사람이 지닌 모든 감각들을 속여야 한다. 그래서 의미 없는 것도 의미 있게끔 여기게 만들어야 하지.

진법의 허실.

가장 기초적이면서도 간과해서는 안 되는 진리였다.

더불어 이신은 그 후에 환마종주가 덧붙인 가르침 역시 떠올렸다.

―하여 진법의 허실을 꿰뚫어 보기 위해선 다른 무엇보다 그 뒤에 숨은 상대의 진짜 의도를 파악하는 게 먼저이니라.

상대의 진짜 의도를 파악한다.

다음 순간, 이신의 뇌리를 스쳐 지나가는 깨달음이 있었다.

'혹시?'

생각을 채 더 이어갈 새도 없이 어느덧 백염도제와 흑마신의 환영이 이신의 코앞까지 당도했다.

그들은 자신이 펼칠 수 있는 최고의 절초를 펼쳤다.

그때, 이신은 그 누구도 예상치 못한 뜻밖의 반응을 보였다.

스윽―

놀랍게도 그는 검을 아래로 내리고, 자신의 몸으로 쏟아지는 두 고수의 절초를 피하기는커녕 정면으로 받아들였다.

도저히 정상적이지 않은 반응!

그리고 그것이 낳은 결과 역시도 평범하지 않았다.

*　　　*　　　*

쿠아아아아아아아아!

연무장 위를 가득 채웠던 운무가 갑자기 폭발하듯 사방으로 퍼졌다.

덕분에 그 안에 있던 이신과 제갈훈의 모습이 드러났는데,

둘은 실로 상반된 모습이었다.

이신은 묵빛의 영호검을 수평으로 든 채 서 있었고, 제갈훈은 낭패한 몰골로 바닥에 주저앉았다.

그 광경만 봐도 어느 쪽이 이겼느냐는 굳이 말할 필요 없었다.

얼마의 침묵이 흘렀을까?

제갈훈은 차마 믿을 수 없다는 얼굴로 간신히 입을 열었다.

"…도대체, 도대체 어떻게??"

모든 의문이 함축된 그의 물음에 이신은 담담한 음성으로 말했다.

"어르신의 진법은 실로 대단했습니다. 평범한 사람들이라면 절대로 깰 수 없었을 만큼 완벽했습니다."

"그런데 왜!!"

도저히 제갈훈은 납득할 수 없었다.

지난 몇 년 간 자신이 심혈을 기울여서 완성한 건곤차력미환진이 이토록 허무하게 깨지다니.

제아무리 상대가 이신이라지만, 이건 있을 수 없는 일이었다.

그때, 이신이 말했다.

"다만……"

"……?"

"어르신께서는 한 가지 실수를 범하셨습니다."

"실수? 실수라니, 도대체 내가 무슨 실수를 했다는 말인가!"

이해할 수 없다는 제갈훈의 표정을 보고는 이신은 내심 안타깝다는 표정으로 말했다.

"확실히 변하셨군요. 어르신의 진법, 아까도 말씀드렸다시피 그 자체는 훌륭했습니다. 그러나 어르신의 태도는 진법가로서 실격에 가까웠습니다."

"뭐? 내가 진법가로서… 실격이라고?"

순간 제갈훈은 멍한 표정을 지었다.

이신의 말이 이어졌다.

"어르신은 마지막 진법을 펼치기 직전에 저에게 말씀하셨습니다. 이것은 필살의 진법이라고."

"그게 내가 진법가로서 실격이란 것과 무슨 상관이 있다는 말인가?"

"그 말 자체가 문제였습니다."

필살의 진법.

제갈훈은 마지막으로 펼친 진법, 건곤차력미환진이 필살의 진법이라고 내내 강조했다.

그 때문에 이신은 어쩌면 거기에 바로 제갈훈의 숨겨진 의도가 있을지도 모른다고 판단했다.

"의심이 들더군요. 혹시 어르신께서 그 진법에 숨겨 놓은 의도가 제가 가진 무인의 습성을 역으로 이용한 게 아닐까 하고 말입니다."

"……!"

제갈훈의 눈이 찢어질 듯 커졌다.

일반적으로 환영진에 환영이 나타나면 죽이거나 파괴해서 빠져나오려는 것이 진법을 알지 못하는 무인들의 전반적인 습성이었다.

그리고 건곤차력미화진은 바로 그 습성을 역이용한 회심의 진법이었다.

그것을 쉽게 알아차릴 수 없는 장치를 곳곳에 깔아놨거늘.

'설마 그 말 한마디에……'

그제야 제갈훈은 확실히 알 수 있었다.

'이놈, 진법을 배웠구나.'

방금 전 이신이 했던 말은 무인이라기보다는 그와 같은 진법가로서의 관점에 더 가까웠던 것이다.

앞서 자신이 범했던 사소한 실수를 꿰뚫어본 것도 그와 같은 맥락이었다.

이전의 그가 단순히 힘만으로 진법을 깼던 것에 비하면 실로 장족의 발전이 아닐 수 없었다.

'허, 이젠 진법으로도 저놈을 어찌할 수 없게 된 건가.'

그때 이신이 마저 한마디 덧붙였다.

"예전의 어르신이라면 결코 상상할 수 없는 실수였습니다."

그 말을 듣는 순간, 제갈훈은 누군가 뒤통수를 망치로 쾅!
때리는 듯한 충격을 받았다.

'예전의 나?'

과거와 지금의 제갈훈.

도대체 무엇이 다르단 말인가.

예전에는 그저 진법이라는 학문 자체가 재미있었다. 그걸
연구하는 하루하루가 전혀 지겹지 않았다.

때문에 진법은 그에게 있어 놀이이자 삶, 그리고 평생의 동
반자와 같았다.

하나 이신에게 패한 이후, 그는 오로지 이신을 이길 수 있
는 진법에 대한 연구에만 매달렸다.

그 결과, 가문의 어느 누구도 생각지 못한 기상천외한 진법
을 만들어내기에 이르렀다,

그 성과 자체는 분명 대단한 것이다.

하지만 거기에 도취되어서 그만 진법가로서 가장 해서는 안
될 기본적인 실수를 범하였다.

그리고 그 작은 실수가 패배의 크나큰 원인으로 작용하고
말았다.

'그래, 그랬구나.'

그제야 제갈훈은 앞서 이신이 자신을 향해서 지었던 안타

까운 표정의 의미가 뭔지 깨달았다.

동시에 자신이 변했다는 말의 의미 역시도.

"지금까지 나는 패배의 기억에서 벗어나지 못했단 말인
가……."

허탈하다는 표정으로 제갈훈은 그리 중얼거렸다.

원래라면 그는 승부 따위 죄다 무시한 채 이신에게 재도전
을 할 참이었다.

차마 명숙으로서의 자존심 때문에라도 순순히 결과에 승
복할 수 없거니와 또다시 이신에게 패하고 말았다는 기억에
짓눌리기 싫었기에…….

그러나 패배의 원인이 다른 무엇도 아닌 자기 자신에게 있
었다는 것과 그것을 깨우쳐 준 이가 다름 아닌 이신이라는
사실 앞에 제갈훈도 더는 고집을 부릴 수가 없었다.

무엇보다도 어느 순간부터 자신이 진법을 한낱 도구처럼 여
겼다는 것을 깨우친 게 컸다.

'이미 나는 실력뿐만 아니라 마음가짐에서부터 그에게 패한
거나 마찬가지였구나.'

그 사실을 인정하고 나자 제갈훈은 생각 외로 한결 후련한
느낌이었다.

그렇게 오랫동안 자신을 지배해 온 망집을 버리자 이제는
진심으로 결과에 승복할 수 있었다.

"…나의 패배를 인정한다."

그 말에 이신의 입가에 남몰래 희미한 미소가 지어졌다.

'다행히 최악의 상황까지는 가지 않았군.'

혹여 제갈훈이 결과를 인정하지 못하고 끝까지 갈 데까지 가면 어쩌나 싶었으나, 괜한 기우였다. 역시 그는 그 정도까지 어리석은 자는 아니었던 것이다.

거기다 승부를 시작할 때보다 끝나고 난 지금이 뭔가 후련한 표정인 것으로 봐서는 아무래도 과거의 잔재를 훌훌 털어낸 듯했다.

이윽고 해묵은 감정들을 모두 수습한 제갈훈이 물었다.

"이제 말해보게. 날 부른 진짜 이유가 뭔가?"

第五章
대별행(大別行)

"그건……."

이신은 살짝 말을 아꼈다.

운중장을 새로이 개축한다. 그를 위해서 제갈훈을 부른 거라고 앞서 밝혔지만, 역시 제갈용연 이전에 잠시나마 동심회의 총사를 맡았던 사람답다고 할까.

제갈훈은 이신의 부탁 뒤에 뭔가 다른 의도가 숨겨져 있음을 간파한 듯했다.

앞서의 승부 때와는 완전 정반대의 양상이었지만, 그런 거야 아무래도 상관없었다.

정작 이신을 고민하게 만든 것은 따로 있었다.

'과연 그에게 어디까지 밝혀야 할까.'

지난날 흑월의 중간 연결책을 맡은 자를 온몸의 뼈와 근육이 분리되고 뒤틀리는 극악한 고통을 주는 분근착골의 수법으로 고문하면서 알아낸 사실들.

제아무리 입이 무거운 자라도 아는 것을 모조리 토해낼 수밖에 없도록 고안된 고문 앞에서 연결책 사내는 결국엔 자신이 알고 있는 모든 비밀을 털어놓아야만 했다.

그중에는 이신 혼자만 알아서는 안 되는 중대한 비밀들도 몇 가지 포함되어 있었다.

사전에 그에 관해서 단무린과 이야기를 나눈 바가 있기에 이신의 시선이 절로 단무린 쪽으로 향했다.

그러자 단무린은 고개를 끄덕이더니 이신을 대신해서 말했다.

"생각보다 이야기가 길어지겠군요. 자리를 옮기시겠습니까? 마침 점심때이기도 하니까요."

그의 제안에 제갈훈은 고개를 끄덕였다.

어차피 이신과의 승부도 끝났으니 더 이상 연무장에 남아 있어야 할 이유는 없었다.

"아까 전의 그 철방으로 돌아가는 건가?"

제갈훈의 물음에 이신이 고개를 끄덕였다.

안 그래도 장철만과의 선약 때문에라도 다시 장가철방으로 돌아가긴 해야 했다.

아마 지금쯤 그는 꽤 오랫동안 자신들을 기다리고 있을 터.

미안한 마음에 서둘러 장가철방으로 돌아갔다.

그리고 그곳에는 생각지 못한 의외의 인물이 이신을 기다리고 있었다.

"점심이 다 끝날 때 되어서야 오다니. 설마 노부가 올 줄 알고 일부러 그러는 건가?"

마의가 던진 농담에 이신은 살짝 놀란 표정이었다.

유정검의 치료에만 전념한다고 해서 그간 마의는 유가장에서 줄곧 머물고 있었다. 특별한 일이 아니면 따로 이신을 찾지도 않았다.

그런 그가 왜 아무런 연락도 없이 이곳에서 자신을 기다리고 있단 말인가?

"어쩐 일이십니까? 혹 치료 중에 뭔가 문제라도……."

이신이 살짝 걱정 어린 표정으로 묻자 마의는 정색하며 손사래를 쳤다.

"어디 그런 큰일 날 소릴! 자네가 요즘 콧바람을 자주 쐬고 다녀서 잠시 잊었나 본데… 나, 마의일세. 가주의 치료는 순조롭게 진행되고 있으니 걱정 말게. 만에 하나라도 그런 일은 절대 일어나지 않을 걸세."

이신은 고개를 끄덕였다.

다른 사람도 아닌 생사마의의 호언장담이었다. 걱정되는 마음이 한풀 꺾였다. 의술로 천하제일인 그의 말이라면 죽은 사람을 살렸다고 해도 믿을 수 있었다.

그때였다.

이신의 뒤에 서 있던 제갈훈이 놀란 표정으로 외쳤다.

"아니, 돌팔이 네놈이 여긴 어떻게?"

마의도 그제야 제갈훈을 발견하곤 눈살을 찌푸렸다.

"뭐야, 이제 보니까 제갈가의 괴짜 놈이잖아? 여긴 어인 일이냐?"

"이쪽이 할 말이다, 이놈아! 소소는 어찌 하고 네놈이 여기 있는 거냐?"

공교롭게도 마의와 제갈훈은 이전부터 알고 지낸 사이인 듯하자 이신이 놀란 눈으로 마의를 쳐다보았다.

의문 어린 이신의 눈빛에 마의가 말했다.

"아, 뭐 별건 아니고. 예전에 저 괴짜 놈이 한창 새로운 진법을 연구한답시고 이리저리 쏘다닐 때, 노부가 살던 집 근처를 어슬렁거린 적이 있었거든."

이야기를 시작하자 마의의 말소리에 아련함이 묻어났다. 그의 눈은 어느새 예전 그와 손녀가 살았던 그곳을 향하고 있었다.

마의와 그의 손녀 구양소소가 살고 있던 대별산의 안가.

어느 날 인근 마을의 약초꾼이 그 진법에 걸려든 바람에 반나절가량을 고생한 이야기를 전해 들은 제갈훈이 무작정 대별산까지 찾아왔던 것이다.

생사마의와 신수괴옹.

비록 두 사람은 분야는 다르지만, 그 분야의 최고가 되기 위해 평생을 매진했단 공통점을 가지고 있어서인지 의외로 서로 말이 잘 통했다.

거기다 마의와 마찬가지로 제갈훈에게도 아끼는 손녀가 있었기 때문에 두 사람의 사이는 빗물이 땅으로 스며들 듯 빠르게 가까워졌다.

이후에 부디 자신에 대해서 비밀로 해달라는 생사마의의 부탁을 기꺼이 들어준 것도 그 때문이었다.

"그 후로 이 년 만인가. 시간 참 빨리 가는구만. 소소도 많이 컸겠어. 예전에는 고작 허리 정도까지밖에 안 왔었는데, 지금은 어쩌려나."

새삼 친할아버지처럼 자신을 따르던 소소를 그리워하는 제갈훈을 응시하던 마의가 문득 입가에 의미심장한 미소를 지으면서 말했다.

"어디 키만 자란 줄 아나?"

"뭐? 그게 무슨 소리인가? 호, 혹시……?"

제갈훈이 기대에 찬 표정으로 마의를 바라봤다. 그러자 마의가 씩 웃으며 고개를 끄덕였다.

"완치되었네."

"아아……! 잘됐군, 잘됐어!"

제갈훈은 구양소소의 완치를 진심으로 기뻐하며 마의의 등을 연신 두드려 댔다.

제법 아플 법도 하건만 마의는 인상 하나 찌푸리지 않고 그저 흐뭇한 미소만 머금을 뿐이었다.

그렇게 기뻐하길 잠시, 제갈훈은 가까스로 진정한 뒤 말했다.

"그래서 소소는? 그 아이는 지금 어디에 있나?"

한시도 마의와 떨어지지 않으려고 한 아이였다. 혹여 자신을 놀라게 하려고 근처에 숨어 있지는 않을까 하는 기대감에 괜스레 주변을 두리번거렸다.

그의 물음에 마의는 대답 대신 조용히 이신을 바라봤다.

덕분에 이신은 마의가 무슨 연유로 자신을 찾아왔는지 명확하게 알 수 있었다.

'이제 보니 마의께서는 자신이 직접 갈 수 없으니 나더러 직접 소소를 데려와 달라는 거로군.'

현재 마의가 유정검의 치료 때문에 무한을 떠날 수 없기도 하거니와, 무엇보다 대별산에 있는 안가의 위치는 대대로 염마종만의 비밀이었다.

그 위치를 함부로 외인에게 알려줄 수는 없는 노릇이기에 염마종주인 이신이 직접 가는 것 외에는 달리 도리가 없었다.

더욱이 혹여 있을지 모르는 구양세가의 추적까지 고려하면 그만한 적임자는 없다고 봐야 했다.

'그나저나 그 아이가 벌써 입문에 성공하다니. 역시 구음절맥이라서 뭔가 남들과 다른 건가?'

사실상 구음절맥을 완치했음에도 마의와 함께 유가장으로 오지 않고 전서구 따위로 서로의 소식을 전했던 이유.

그건 바로 이신이 그녀에게 따로 전수한 내가심법 하나를 익히기 위함이었다.

─관화심법(爟火心法).

염마종의 제자들이 정식으로 배화공에 입문하기 전에 익히는 기초심법으로, 화톳불을 의미하는 관화라는 말에서 알 수 있듯이 체내의 양기를 북돋게 하는 데는 그만한 게 없었다.

그리고 이신이 구양소소의 구음절맥을 치료하는 과정에서 다소 과하게 주입된 배화공의 내력을 다스리는 데 꼭 필요한

심법이기도 했다.

덕분에 이신은 딱히 의도치 않았음에도 구양소소를 제자로 받아들이게 되었다.

'이 나이에 벌써 제자라니.'

당대 염마종주라는 입장에선 그리 나쁘지 않은 일이지만, 아직까지는 어색할 따름이었다.

그래도 하나뿐인 제자가 못 본 사이에 제법 성취를 이루었다는 사실에 그도 적잖이 기분이 좋은 눈치였다.

관화심법에 입문하는 데 성공했다면, 이제 내부의 내력을 어느 정도 그녀 스스로 제어할 수 있다는 소리.

그렇다면 이제 더는 두 조손이 이렇게 멀리 떨어져 지낼 필요가 없었다.

"언제 출발할까요?"

이신의 물음에 마의는 즉각 답했다.

"가급적 빠를수록 좋다네."

"뭐야. 소소 이야기를 하다 말고 둘이서 갑자기 뭔 이야기를 하는 건가?"

영문을 모르겠다는 얼굴로 제갈훈이 물었으나, 두 사람 다 그저 아무 말 없이 미소만 지을 뿐이었다.

이에 제갈훈이 서운하다는 표정으로 말했다.

"이거야 원. 왠지 나 혼자만 따돌림당한 기분이군."

제갈훈이 섭섭하다는 티를 대놓고 내자 마의는 그의 어깨를 토닥거리면서 말했다.

"뭘 이 정도 가지고 그러나. 우리가 언제 자넬 따돌렸다고. 그냥 저이에게 소소를 데려와 달라는 부탁을 한 것뿐일세."

"그래?"

그제야 제갈훈의 얼굴이 조금 밝아졌다.

그래도 대놓고 좋아하면 체면상 조금 그렇기에 애써 안 그런 척하려고 했지만, 저도 모르게 입가에 그려지는 미소만은 어쩔 수 없었다.

그러다가 문득 결심했다는 듯 말했다.

"좋아. 기왕 이리된 거 나도 함께 따라가도록 하지. 오랜만에 소소 얼굴도 볼 겸……."

하지만 그의 말이 채 끝나기 전에 이신이 불쑥 말했다.

"어르신은 하루 빨리 개축 작업에 들어가셔야죠."

"뭐?"

"설마 이제 와서 지와의 약속을 지키시지 않으시겠다는 말씀은 아니시겠지요?"

"그, 그건……!"

제갈훈은 말문이 턱 막혀 버렸다.

개축 작업이라니. 그 말은 따라오지 말라는 소리와 마찬가지 아닌가?

그렇다고 해서 이제 와서 자신의 패배를 무를 수도 없는 노릇이니 더욱 난감했다.

거기에 이신이 미처 생각지도 못한 결정적인 쇄기를 박았다.

"아마 소소도 이곳에 도착했을 때, 어르신이 지은 집을 보면 아주 좋아할 겁니다."

"그, 그럴까?"

소소가 좋아한다.

그 말 한마디에 제갈훈의 입꼬리가 절로 올라가고 귀가 펄럭거렸다.

동시에 그는 전에 없던 의욕에 불타올랐다.

"좋아. 자네가 돌아올 때까지 근사한 집을 지어놓도록 하겠네. 기능적으로나 조형미적으로나 그 무엇 하나 빠지는 게 없는 아주 완벽한 집을 말일세!"

이신의 숨겨진 의도고 나발이고 간에 일단 집 짓는 작업부터 착수하기로 마음먹었다.

이야기야 나중에 그가 돌아온 다음에 들어도 그만!

어차피 뒷방 늙은이를 자처하면서 가문에서 따로 맡은 일도 없는 그였다. 한동안 무한에서 기나긴 휴가를 보낸다고 여기면 되리라.

그렇게 다소 억지스러운 자기 합리화 과정 속에서 제갈훈은 과연 어떤 집을 지으면 구양소소가 보고 좋아할까를 놓고 진지하게 고민했다.

그런 그의 모습을 묵묵히 지켜보던 이신이 슬쩍 곁눈질로 단무린을 바라봤다.

'알아서 잘 관리해라.'

'맡겨두십시오.'

가장 큰 문제를 순조로이 해결하는 것도 잠시, 소유붕이 옆으로 다가와서 말했다.

"저기, 주군, 그렇게 어린 소녀를 데리고 온다면 마차라도 하나 끌고 가야 하지 않겠습니까?"

"확실히 그건 그렇군."

태어나서 한 번도 먼 길을 떠나본 적이 없을 구양소소였다.

그녀를 위해서라도 마차는 분명 필요했다.

이신이 자신의 말에 긍정하자 탄력이라도 받은 듯 소유붕이 얼른 말을 이었다.

"제가 아주 근사한 마차를 구해오겠습니다! 장시간 이동해도 전혀 흔들림 없이 편안한 놈으로 말이죠. 더구나 마부를 제가 맡으면 그야말로 금상첨화……!"

"쓸데없는 소리 그만하고 마차나 수배해 놔. 그리고 마부는 따로 필요 없어."

"네? 그, 그럼 마차는 누가 몰……."

"마차야 내가 직접 몰면 되지."

"어, 어? 지, 직접 말입니까?"

"왜? 뭐 이상한 점이라도 있어?"

이신의 물음 앞에 소유붕은 말없이 울 듯 말 듯한 표정을 지었다.

이상한 점? 그거야 아주 많았다.

당장이라도 수십 가지를 댈 수 있을 만큼.

다만 그걸 직접 입에 올려봐야 씨알도 먹히지 않을 것을 잘 알기에 참는 것뿐이었다.

그래, 그래서였다. 결코 다른 이유 때문이 아니었다.

절대로 중간마다 명승지에 꼭 들러서 매일 밤 그 고장의 미녀들과 아름답고 황홀한 시간을 보내겠다는 그의 원대한 계획이 시작도 전에 좌절되었기 때문이 아니었다.

소유붕은 천장을 올려다보면서 소리 없이 한숨을 내쉬었다.

'하아, 니미…….'

잠깐, 눈에 먼지라도 들어갔나? 괜히 눈시울이 붉어지는 소유붕이었다.

그 후로 모든 것이 일사천리로 이뤄졌다.

우선 예정대로 소유붕이 마차를 구해왔다. 스스로 장담한

대로 최고급 마차였는데, 척 보기에도 보통 마차와 완전히 달랐다.

창칼이나 화살로 공격해도 뚫을 수 없는 특수하게 만들어진 데다가, 내부에는 침실처럼 꾸며놔 장시간 이동해도 전혀 불편할 것 같지 않았다.

가장 시급한 마차가 해결되었으니, 이젠 그 외의 필요한 물자들을 마련하는 일만 처리되면 당장 출발할 수 있었다.

그렇게 모두들 마지막 준비에 박차를 가하는 바로 그때, 유가장에서 의외의 제안을 해왔다. 여행에 관련된 모든 비용을 일절 자신들이 대기로 한 것이다.

유정검의 치료는 이제 거의 막바지에 들어간 상태였다. 이전보다 건강해진 그를 보자, 유가장의 가신들은 그야말로 마의를 유가장의 은인으로 여겼다.

만약 마의가 아니었다면 가주는 죽을 날만 기다리는 신세가 됐을 테고, 가주가 죽고 나면 유가장도 큰 손실을 입고 몰락했을지도 모를 일임을 잘 알았기 때문이다.

그런 은인의 손녀를 데려오는 일에 그저 수수방관할 수는 없는 일.

오랫동안 신의와 도의로써 유가장을 이끌어 온 유정검과 가신들은 그야말로 전 재산을 거덜 내서라도 도울 기세로 덤벼들었다.

마의는 전혀 그럴 필요가 없다고 몇 차례나 한사코 사양했음에도 유정검과 가신들은 귓등으로도 듣지 않았다. 오히려 협박까지 하며 돕게 해 달라 청했다.

"제발 도울 수 있게 해주십시오."

"아, 글쎄 안 그래도 된대도!"

"정말 저희를 은혜를 도외시하는 개만도 못한 이들로 만드실 요량이신 겁니까?"

"이 사람? 내가 언제 그랬는가!"

"그럼 돕게 해주시지요."

"아, 이런 꽉 막힌 인사들 같으니."

심지어 엎친 데 덮친 격으로 유정검마저 모든 지원을 아끼지 말라고 엄포를 놨기 때문에 달리 막을 수가 없었다.

모두 어떻게든 마의에게 은혜를 갚겠다는 호의에서 비롯되었다는 건 잘 알지만, 그래도 이신의 입장에서는 썩 그리 달갑지 않았다.

'귀찮게 되었군.'

원래 이신은 은밀히 구양소소를 데려올 참이었다.

언제 흑월이 들이닥칠지 모르는 마당에 자신의 행선지를 경솔하게 주위에다 떠들어 대는 것만큼 어리석은 일도 없었으니까.

한데 이런 식으로 유가장에서 대놓고 참견해 대니 당연히 그 움직임에 대한 정보가 흑점에 흘러들어 갈 것이다.

쉽게 말해 곧 흑월 측에서도 이신이 결코 짧지 않은 시간 동안 자리를 비운다는 것을 알게 될 수도 있다는 말이었다. 그렇게 되면 유세화의 안전에 문제가 발생할 수도 있었다.

이신이 없는 틈을 타서 그들이 유세화를 노릴지도 모르는 일인데, 그것만큼 위험천만한 일은 없기 때문이다.

물론 소유봉과 신수연을 믿지 못하는 것은 아니지만, 이 시점에서 그녀를 가장 확실하게 지킬 수 있는 사람은 단연 이신뿐이었으니까.

'어쩔 수 없군.'

결국 이신은 혼자 가려던 대별산행에 유세화도 함께 하는 걸로 결정했다.

자신이 없는 사이에 무슨 일이 일어나는 것보다는 차라리 함께 하는 편이 더 안전할 테니까.

"미안해, 화매."

다소 독단적인 결정이기에 이신은 미안하다는 표정으로 유세화를 바라봤다.

한데 이어지는 그녀의 반응은 다소 생각 밖이었다.

"가, 가가랑 단둘이서 가는 건가요?"

"그래. 대신 내 옆에만 꼭 붙어 있겠다고 약속해 줘."

말은 안 했지만, 소유봉과 신수연에게는 따로 별도의 임무를 내려둔 상태였다. 단무린은 은신한 채로 따라올 테니 사실상 단둘이서 떠나는 거나 마찬가지였다.

단둘이 가는 거라는 이신의 말에 유세화의 얼굴이 눈에 띄게 상기되었다. 눈빛도 그 여느 때보다 초롱초롱 빛났다. 그녀의 머릿속에 방금 이신이 한 말이 자동 반복되었다.

'내 옆에 꼭 붙어 있어. 내 옆에 꼭 붙어 있어. 내 옆에⋯⋯.'

흔히 여인이라면 누구든 듣고 싶은 말만 골라서 들을 수 있는 신기한 능력을 가지고 태어난다는 말이 있는데, 지금 유세화는 그 능력이 최대로 발휘되고 있었다.

이신은 그녀의 상기된 얼굴을 보며 문득 깨달았다.

'아, 그러고 보니 화매와 단둘이서 지낸 시간이 별로 없긴 했군.'

그간 금와방과의 일이나 환혼빙인, 그리고 흑월 등의 문제로 바빴던 터라 어쩔 수 없는 일이긴 했지만, 그래도 나름 자신의 하나밖에 없는 연인 아닌가.

오늘 외출만 하더라도 그냥 무한 시내를 돌아다닌 것뿐인데도, 그녀는 여느 때보다 제법 신경 써서 꾸민 티가 팍팍 났다.

모두 이신과의 시간을 즐겁게 보내기 위한 노력의 일환이었다.

그에 반해서 자신은 그다지 그녀에게 신경을 못 쓴 것 같기에 괜히 유세화에게 미안해졌다.

'이번 기회에 그동안 못한 만큼 챙겨줘야겠군.'

그렇게 다짐하는 가운데, 문득 이신이 뭔가를 잊고 있던 것을 떠올렸다는 표정을 지었다. 그러고는 곧장 유세화의 몸을 아래위로 훑어봤다.

딱히 그녀의 몸매를 감상하기 위한 목적의 음탕한 시선이 아니었다. 그렇다고 보기엔 이신의 표정이 너무 진지했다.

유세화가 의아해하며 이신을 바라보자 그제야 이신은 입을 열었다.

"화매, 이참에 나한테서 무공을 배워보지 않겠어?"

"무공이요?"

이신의 갑작스러운 제안에 유세화는 조금 전보다 더 놀란 눈치였다.

이신의 무공이 유가장과는 질적으로 궤를 달리한다는 것은 지금까지의 일들만으로도 충분히 알고도 남았다.

그런 무공을 자신에게 전수해 주겠다는 건가?

약간 기대감 어린 표정으로 바라보자 그 뜻을 헤아린 이신이 쓰게 웃었다.

"아쉽지만, 내 무공은 아니야."

그가 익힌 염마종의 무공은 전반적으로 극양을 추구하는

무공인지라 여인인 유세화가 익히기에는 적합하지 않았다. 구양소소의 경우는 치료가 주된 목적이었다. 만약에 그녀가 구음절맥이 아니었다면 익힌 순간 음양의 조화가 깨어져서 고통스럽게 죽었을 것이다.

유세화가 살짝 실망한 표정을 짓자 이신이 달래듯이 말했다.

"그래도 익혀두면 분명 도움이 될 거야."

이신의 말은 사실이었다.

비록 배화공에 비하면 한 끗발 떨어지기는 하지만, 그래도 세간의 기준으로 보자면 엄연히 신공절학에 분류되는 무공이 때마침 이신에게 있었다.

검각(劍閣).

과거 수백 년 전에 이름을 알린 여인들만의 문파로 그 위세는 지금의 아미파와 견주어도 전혀 부족하지 않았다.

비록 멸문하기는 했지만, 한때 그곳에서 배출된 여고수들은 하나같이 검후라는 별호를 차지했다는 것만 봐도 얼마나 그녀들이 익힌 검법이 대단한 지 알 수 있다.

이신이 유세화에게 가르치려고 하는 무공이 바로 그것이었다.

—만형검로(萬形劍路).

만 가지 형태의 검로로 이루어진 검법.

직역하자면 대충 이런 의미로 조금이라도 무공을 배운 이라면 그게 얼마나 무척 허황되고 말도 안 되는 말인지 바로 알 수 있다.

일단 상식적으로 한 사람이 무려 만 가지나 되는 검로를 모두 완벽하게 숙지한다는 것 자체가 보통의 자질로는 어림도 없었다.

더욱이 그것을 하나의 검법으로서 체계적으로 벼려낸다는 것은 거의 불가능에 가까울 터.

그러나 이신이 그 허황된 검법을 유세화에게 가르쳐 주려는 데에는 다 그만한 이유가 있었다.

바로 그가 익힌 무공 중 상승구결을 잃어버려서 반쪽만도 못한 신세가 된 심형살검식을 지금의 형태로 새로이 완성시킬 수 있었던 것도 다 만형검로 덕분이었기 때문이다.

사실상 이신의 심형살검식은 본래 심형살검식과는 초식의 형태만 같을 뿐, 그 알맹이는 완전히 다른 것이었다. 만약 무덤 속의 이극렬이 봤다면 단박에 이건 심형살검식이 아니라고 외칠 만큼 말이다.

즉 이신은 자신의 심형살검식의 원본 격이라고 할 수 있는 검법을 그녀에게 직접 가르쳐 준다는 소리였다.

조금 전 그녀의 몸을 살펴본 것도 그녀가 만형검로를 배우기에 적합한 체질인지 알아보기 위한 준비 과정 중 하나였다.

하지만 이신은 그 모든 것을 제대로 설명하지 않은 채 말했다.

"정 싫다면 배우지 않아도 상관없어. 나 역시 화매가 남의 피를 보는 건 그리 원치 않으니까."

"전……."

이신의 물음에 유세화는 선불리 말을 잇지 못했다.

확실히 망설여질 만했다.

아무리 이신이 대단한 고수일지라도 그녀는 엄연히 유가장의 장녀였다.

일신에 익힌 유가장의 무공을 버리고 이신이 가르쳐 준 무공을 익히는 게 과연 쉬운 일일까?

험난하리라. 아마도 이제껏 느껴보지 못한 시련과 고통이 그녀를 기다리고 있을 것이다.

그렇기에 이신은 내심 그녀가 무공을 배우지 않는 쪽을 택하길 원했다. 수련의 고단함보다 그녀가 자신의 손으로 타인의 피를 보질 않길 바라기 때문이다.

아까 전에 그녀에게 한 말은 결코 빈말이 아니었다.

그럼에도 직접 그녀가 선택하도록 한 데에는 다 그만한 이유가 있었다.

얼마 전, 단무린이 문득 그에게 말했다.

—형님, 무조건 형수님을 형님의 그늘 아래에 두고 있는 것만
이 능사는 아닙니다. 지금까지 말은 안 했지만, 내심 형수님께서
는 지금처럼 무작정 형님의 도움을 받기보다는 오히려 형님한테
도움이 되는 쪽을 더 원하고 계실 겁니다. 그분 또한 엄연한 무가
의 여식이니까요.

단무린의 충고에 이신은 마치 뒤통수를 망치로 맞은 듯한
충격을 느꼈다.

'왜 진작 그 생각을 못 했을까?'

은연중에 그녀를 마냥 자신이 지켜야 하는 대상이라고만
여겼기 때문일까?

아니면 자신이 강하니까 굳이 그녀까지 강해질 필요는 없
다고 여긴 걸까?

어느 쪽이든 간에 충분히 반성해야 마땅했다.

이미 흑월과 유세화는 서로 밀접하게 관련되었다고 봐도 무
방했다.

어떤 식으로든 흑월과 그녀의 충돌은 피할 수 없었다.

한데 지금까지 그런 걸 죄다 무시하고 독단적으로 일을 진
행한 것에 대한 미안함과 후회가 뒤늦게 밀려왔다.

'이제부터는 절대 그래선 안 된다. 모든 걸 화매 스스로 결정하게끔 해야 해.'

흑월과 맞서기 위해서는 그녀 자신에게도 엄연히 힘이 필요하다.

그리고 가까운 주변 사람 중에서 그녀에게 그러한 힘을 줄 수 있는 사람은 오직 이신뿐이었다.

하지만 이신은 무작정 무공을 배우라고 유세화에게 강권하지도, 또한 그게 어떤 무공인지도 자세히 설명하지 않고 일부러 두루뭉술하게 넘어갔다.

그 모든 게 직접 그녀에게 선택하게 하기 위함이었다.

이대로 이신의 보호 아래서 편하게 살아갈 것이냐, 아니면 진지하게 무공을 배워서 흑월과 정면에서 맞설 것이냐를 놓고 말이다.

유세화는 잘 모르겠지만, 지금 이신의 물음은 바로 그 선택의 갈림길에 들어서기 직전에 그녀 앞에 나타난 표지판과도 같았다.

거기서 어느 쪽을 선택하느냐에 따라서 그녀의 미래는 확연히 달라질 터였다.

단 한 번의 질문으로 한 사람의 인생이 바뀐다니 다소 얼토당토않게 보이겠지만, 사실이었다. 게다가 의외로 사람의 인생이란 그런 사소한 부분에서의 선택에서 판이하게 갈리게 마련이었다.

그저 그런 순간이 지금 유세화의 눈앞에 닥쳤다는 것일 뿐, 특별할 건 아무것도 없었다.

참고로 이신은 그녀가 어느 쪽을 고르든 간에 거기에 어떤 토도 달지 않고 그대로 따를 생각이었다. 어떤 쪽이든 간에 누구의 강요나 참견 없이 그녀 스스로 고민한 끝에 결정한 것일 테니까.

그리고 이어지는 유세화의 대답이 그 결과였다.

"배우겠어요. 기왕이면 제대로."

"어째서?"

이신의 입에서 저도 모르게 반문이 튀어나왔다. 그만큼 유세화의 선택이 의외였던 것이다.

"전부터 어렴풋이 느꼈거든요."

"뭘?"

"지난번 생사결 때도 그렇지만, 이번 일을 겪으면서 새삼 깨닫게 되었어요. 아, 힘이 없다는 게 이토록 분한 일이구나. 힘이 없어서 억울한 일을 당해도 참게 되는구나. 그러니까 다들 힘이 있어야, 힘을 가져야 한다고 입버릇처럼 말하는 것이구나."

지난날 금와방에게 당한 십수 년 동안은 차라리 나았다.

자신만 참으면 되었으니까.

그러면 모든 게 다 무난하게 넘어갈 수 있었으니까 그냥 참고 넘어갔다.

하지만 이후에 많은 일을 경험하면서 그녀는 깨달았다.

죽으면 모두 끝이란 것을.

죽음에 대항할 힘이 없으면 죽는 것조차 스스로 어쩔 수 없는 그 무기력함을.

"그리고 가장 결정적인 이유는 따로 있어요."

"그게 뭐지?"

이신이 진심으로 궁금하다는 표정으로 물었다,

그러자 유세화의 입꼬리가 지그시 올라갔고, 그녀는 살짝 볼이 상기된 채로 수줍은 듯 말했다.

"…저 때문에 가가의 손에 그런 더러운 피가 묻는 것이 싫어요."

"……!"

의외의 대답에 이신은 저도 모르게 멍한 표정을 지었다.

그러다 곧 쓴웃음을 머금으며 말했다.

"이젠 정말 어쩔 수 없게 됐군."

"네?"

유세화가 의아한 표정으로 물었지만, 이신은 그저 말없이 웃기만 했다.

사실 그녀의 손에 피가 묻는 것이 싫어서 내심 거절하길 원했었는데, 반대로 그녀는 저 때문에 자신이 그렇게 되는 것이 싫단다.

이신은 강렬한 운명을 느꼈다.

'짓궂구나.'

결국 이신은 그녀에게 무공을 가르쳐 주기로 했다.

물론 그냥은 아니었다.

'아주 제대로 가르쳐야지.'

그렇지 않으면 가르치는 의미가 없을 테니까.

유세화는 꿈에도 모를 것이다. 이신이란 사람이 누군가를 가르칠 때 얼마나 냉혹해질 수 있는지.

만약 지금 이 대화를 혈영대의 조장들이 들었다면 무조건 말렸으리란 사실도.

아무것도 모르는 그녀는 새로운 무공을 배울 수 있다며 기뻐했고, 이신과 함께할 시간이 더욱 많이 늘었다는 사실에 행복해하고 있었다.

아직은……

第六章
만형검로(萬形劍路)

한 대의 마차가 관도를 달리고 있었다.

마부석에 앉아 마차를 모는 사람은 아침 일찍 사람들의 배웅을 받으면서 무한을 나선 이신이었다. 안에는 유세화가 타고 있었다.

여행은 순조로웠다.

문득 이신이 칸막이를 살짝 열고 안을 살폈다.

마차 안에서 유세화가 꾸벅꾸벅 졸고 있었다. 처음에는 창을 통해 빠르게 지나치는 풍광을 눈을 반짝이며 구경하던 그녀였지만, 반나절 동안 다른 듯 비슷한 풍경이 이어지자 금세 흥미를 잃은 것이다.

그녀를 응시하는 이신의 눈동자에 걱정이 어렸다.

'과연 화매가 수련을 견딜 수 있을까?'

원래 심었던 나무를 뽑고 새로운 나무를 심는 수련이었다. 말이야 쉽지 근본부터 송두리째 바꿔야 하는 수련을 그녀가 견딜 수 있을지 걱정되는 것이다.

잠시 후 칸막이를 닫고 이신이 하늘을 올려다보았다.

마침 해가 슬슬 서산으로 저물고 있었다.

'오늘은 이쯤에서 묵어야겠군.'

사두마차가 관도 옆으로 살짝 비켜나더니 서서히 속도를 줄이기 시작했다.

덜컹거리는 소리와 함께 마차가 멈추자 잠이 깬 유세화가 마차에서 내리더니 기지개를 켰다.

"많이 불편했어?"

옆에서 들려온 목소리에 깜짝 놀란 그녀가 이내 양 볼을 발갛게 물들였다. 부끄러움보다 방금 전 생각 없이 기지개를 켠 스스로에게 화가 났다.

'아! 가가 앞에서 이게 무슨 꼴이람. 예쁜 모습만 보여줘도 모자랄 땐데, 그런 추태를 보이다니!'

"화매? 혹시 어디 아파?"

"아, 아니에요! 멀미는요."

그녀가 도리질을 치며 강하게 부정하자, 이신이 걱정스런 얼굴로 물었다.

"근데 안색이 왜 그리 안 좋아?"

"머, 멀미가 좀 나서요. 조금 쉬면 금방 괜찮아질 거예요. 걱정 끼쳐서 미안해요, 가가."

알았다며 이신이 고개를 끄덕였다.

"그럼 난 먼저 저쪽 숲에서 수련하고 있을 테니 화매는 좀 쉬다가……."

"아뇨! 같이 가요!"

"아직 멀미가 가시지 않은 것 같은데, 괜찮겠어?"

"그럼요! 이깟 멀미보다 제겐 수련이 더 중요하니까요."

'가가와의 시간은 설령 촌음(寸陰)에 불과하더라도 제겐 무엇보다 소중하니까요.'

그 마음을 아는지 모르는지 이신은 그저 그녀의 수련에 임하는 태도에 흐뭇한 미소를 지었다.

"그래, 그림 같이 수련하자."

"네!"

돌아서서 숲으로 걸어가는 이신을 뒤따르는 유세화의 입가에 숨길 수 없는 미소가 떠올랐다. 그녀의 머릿속에는 방금 전 이신이 한 말이 반복해서 메아리치고 있었다.

'같이 하자. 같이 하자. 같이……'

수련이란 단어는 쏙 빠진 채.

잠시 후.

달빛이 떨어지는 숲 속의 공터에서 두 사람이 마주보며 서 있었다.

본격적인 수련이 시작되기 직전, 유세화가 문득 침울한 얼굴로 말했다.

"정말로 제가 강해질 수 있을까요?"

그녀의 나이 스물여덟.

새로이 무공에 입문하기엔 꽤나 늦은 나이라고 볼 수 있었다.

더욱이 그녀가 기존에 익히고 있는 유가장의 무학도 걸림돌이었다.

새로운 무공과 기존의 무공이 서로 충돌해서 주화입마를 입는다는 식의 이야기는 그녀도 곧잘 들어봤다. 특히 아버지 유정검이 주화입마로 쓰러진 뒤로 더더욱 그런 종류의 이야기에 절로 귀가 가는 것은 막을 수 없었다.

살짝 수심에 빠진 유세화의 표정을 보면서 이신은 담담하게 말했다.

"쉽진 않겠지."

먼저 냉정하게 현실을 꼬집어서 자신의 현 주소를 깨닫게 만든다.

그것이 이신이 생각하는 수련의 첫 단계였다.

거기에 그는 한 가지를 더 추가했다.

"물론 그렇다고 해서 완전 불가능한 일은 또 아니지."

자신의 부족한 부분을 얼마든지 채울 수 있다는 가능성 역시 인식하게 해준다.

다만 확신은 하지 않았다.

모든 건 어디까지나 유세화 본인의 노력 여하에 달린 것이었으니까.

그리고 그것만으로도 유세화의 표정이 약간이라도 밝아졌다.

"다행이네요. 그래도 가능성이 아예 없다는 건 아니니까."

유세화는 이신의 생각보다 훨씬 긍정적인 사고방식의 소유자였다. 거기다 다른 사람도 아닌 이신의 말이라서 더욱 신뢰하는 것도 없잖아 있었다.

그렇게 일말의 불안을 씻어낸 유세화가 말했다.

"그래서 제가 앞으로 익혀야 할 무공은 뭔가요?"

어제 이신에게 무공을 배우고 싶지 않느냐는 말을 들었을 때부터 내내 하고 싶었던 질문이다.

비록 이신의 무공은 아니라고 했지만, 그렇다고 해서 그가 아무 무공이나 그녀에게 가르칠 리는 없었으니까.

이에 유세화는 내심 기대하는 눈치였다.

하지만…….

"만형검로."

"만형검로라고요?"

"그래."

"처음 들어보는 검법인데……."

이신이 가르쳐 줄 무공의 이름을 듣자마자 유세화는 살짝 실망한 눈치였다.

암만 그래도 한때 검각의 이름을 천하에 진동하게 만든 주역이자 절세검공이 만형검로였다.

그런 희대의 보물을 눈앞에 두고도 알아보지 못하는 그녀의 반응이 남들 눈에는 다소 어리석고 배부른 소리를 하는 것처럼 보이겠지만, 이신은 결코 그녀를 탓하지 않았다.

오히려 그는 그녀의 반응을 충분히 이해할 수 있었다.

그도 그럴 것이 검각이 무림에서 자취를 감춘 것은 지금으로부터 무려 백여 년 전의 일이다.

유세화가 그곳의 대표적인 성명절학을 모르는 것도 무리는 아니었다.

이신은 슬쩍 유세화와 눈을 마주치며 말했다.

"화매, 나를 믿지?"

"물론이죠."

이신의 물음에 즉각 유세화가 고개를 끄덕였다.

그에 대한 믿음이 없었다면 애당초 무공을 배우겠다는 소리조차 안 했을 것이다.

동시에 그녀는 깨달았다.

조금 전 이신의 물음은 자신을 믿는 만큼 만형검로에 대해서 신뢰해 달라는 말을 완곡하게 돌려서 한 것임을.

유세화가 더는 만형검로에 대해서 묻지 않았다.

이신도 더 이상의 설명은 하지 않았다. 그 대신 영호검을 검집째로 꼬나 쥐었다.

"우선 초식부터 보여주도록 하지."

그리 말하고는 이신은 천천히 검을 휘두르기 시작했다.

처음에는 기대감 어린 표정으로 바라보던 유세화였지만, 곧 그녀의 표정은 의아함으로 물들었다.

'저건 아무리 봐도……'

이신이 천천히 펼치고 있는 초식들은 하나같이 뭔가 눈에 익은 동작들의 연속이었다. 콕 집어서 말하긴 어려웠지만, 마치 강호에 널리 알려진 삼류검법들을 두서없이 마구잡이로 펼치는 것 같았다.

그녀의 생각은 착각이 아니었다.

이신이 정성들여 한 땀 한 땀 수를 놓듯 펼치고 있는 총 서른아홉 개의 초식은 아무리 좋게 보더라도 중원에 널리 알려진 기초적인 검법들을 총망라한 것에 지나지 않았다.

이신의 시범이 끝났음에도 유세화가 아무 말 없이 복잡 미묘한 표정만 지은 것도 그 때문이었다.

반면 이신은 다 이해한다는 표정으로 내심 웃었다. 마치 만형검로를 처음 접했을 때의 자신을 보는 것만 같았다.

예전의 자신이 그러했듯 유세화의 반응은 지극히 당연한 것이었다.

처음 그가 만형검로를 접한 것은 그의 사부, 종리찬과 처음 만났을 때였다.

배화구륜공을 익히기 전에 배워야 한다면서 종리찬이 펼친 만형검로를 보자마자 그는 알 수 있었다.

만형검로가 천하에 산재한 검법에 관한 가장 기본에 해당하는 것들을 총람한 일종의 교재와도 같다는 것을.

상승의 무공에 입문한 이들에게는 그저 다시 한 번 기초의 중요성을 일깨워 주는, 딱 그 정도밖에 안 되는 입문공에 불과하다는 것을.

그럼에도 그가 군말 없이 서른아홉 개의 초식을 그 자리서 외우고 하루도 빠짐없이 수련한 것은 어릴 적부터 들어온 양부의 가르침 때문이었다.

─사람의 육신은 쇠와 같다. 쇠는 두드릴수록 강해지는 법. 그

핵심은 바로 기본에 있다. 가장 기본적인 것들이야말로 가장 위력적인 것임을 항시 잊어서는 안 되느니라.

사실 그때만 하더라도 이신은 기초가 약했다.

아무래도 심형살검식을 비롯한 여러 무공의 상승구결을 잃어버린 탓이 큰 터라 어쩔 수 없는 일이었다.

그 때문에 미처 이극렬이 채워주지 못한 무학적인 기초를 채울 필요가 있었는데, 마침 그런 와중에 접한 만형검로는 이신에게는 어떤 의미에선 마른하늘의 단비와도 같았다.

만형검로는 검각이 자랑하는 절세검공임과 동시에 모든 제자가 익히는 입문 검법이었으니까.

입문 검법과 절세검공.

어울리지 않은 단어들의 조합이었지만, 직접 만형검로를 익힌 이신은 누구보다 잘 알고 있었다.

그 말이 단순한 모순이거나 그저 허무맹랑한 소리가 아니라는 사실을.

그건 말로써 설명할 수 있는 것이 아니었다.

그랬기에 이신은 긴말을 하지 않았다.

"한번 해봐."

직접 몸으로 경험하지 않으면 백날 말하고 백번 설명해도 못 알아들을 테니까.

그 말뜻을 알아들었는지 유세화는 군말 없이 곧장 수련용 목검을 꼬나 쥐었다. 그것은 그녀가 혹시라도 수련하다 다칠 것을 염려한 이신이 직접 밤새 깎은 목검이었다.

그래서일까?

목검을 응시하는 그녀의 눈빛이 마치 집에서 기르는 강아지를 대하듯 사랑스럽게 빛났다.

이윽고 천천히 서른아홉 개의 초식 중 제일초의 기수식을 취하는 그녀를 보면서 이신이 내심 감탄했다.

'자세가 완벽하군.'

일부러 외우기 쉽도록 여러 번 반복해서 천천히 펼치긴 했지만, 그래도 그것을 눈으로만 보고 외워서 펼친다는 것은 결코 쉬운 일이 아니었다.

'화매의 자질이 보통이 아님은 예전부터 이미 알고 있던 바지만, 오성(悟性)도 그 못지않게 출중하구나.'

그렇게 이신이 지켜보는 가운데 유세화는 다음 초식으로 빠르게 넘어가고 있었다.

워낙 무공에 대한 재능이 뛰어난 그녀였기에 초반부의 십 초식까지는 무난하게 이어졌다.

문제는 초반부와 중반부를 잇는 초식에서 발생했다.

꿈틀!

순간 단전의 내력이 의지와 상관없이 멋대로 움직였다. 더 놀라운 것은 그녀가 전혀 예상 못 한 경로로 움직이고 있다는 것이었다.

'뭐지?'

갑자기 내력이 지나간 경로를 중심으로 전신의 혈도가 꼬이기 시작했다.

언젠가 들었던 주화입마의 초기 증상과 비슷한 느낌이 드는 현상이었다.

'설마?'

불길한 예감이 들자, 화들짝 놀란 그녀가 곧장 검법을 중단하려고 했다. 하지만 이신의 전음이 그것을 막았다.

[멈추지 마! 끝까지 초식을 다 펼쳐.]

'……!'

이신의 전음에 유세화는 당장이라도 전신의 혈도가 꼬일 듯한 고통 속에서도 억지로 초식을 계속 이어나갔다.

이 상황이 위험하다면, 그가 먼저 제지했을 테니까.

그녀는 이신을 믿고 다음 초식을 이어나갔다.

그러자 잠시 멈췄던 내력이 다시 움직이기 시작했다. 그 변화무쌍한 움직임은 그녀가 막 만형검로의 마지막 초식을 펼치는 순간 거짓말처럼 멈추더니 빠르게 원래 있던 곳으로 들어갔다.

내력이 모두 단전에 들어온 것을 확인한 그녀가 목검을 쥔 채로 거칠게 호흡을 내쉬길 반복했다.

"허억! 허억! 바, 방금 전은 도대체……!"

그녀는 맹세코 내력이 자신의 의지와 상관없이 움직이게 하는 검법이 있다는 사실을 처음 알았다. 물론 강호에 대한 경험은 고사하고 견식도 짧은 그녀기에 가능한 일이었다.

놀란 눈으로 자신을 바라보는 그녀에게 이신이 담담히 말했다.

"만형검로는 수련검식이자 일종의 동공(動功)이기도 하지. 만약 화매가 나를 믿지 않고, 멋대로 초식을 중단했다면 꽤 큰 주화입마를 입고 말았을 거야."

"아! 그랬군요. 동공이라니, 들어보긴 했어도 어떤 것인지 몰랐는데 정말 신기하네요. 한데 제가 이것을 익혀도 아무 문제도 없을까요?"

그녀가 살짝 걱정스럽다는 표정을 지으며 물었다. 자신의 무공과 상충되지 않겠냐는 뜻이었다.

이신이 부드럽게 웃으며 그녀의 걱정을 덜어주었다.

"만형검로에 의한 내력의 움직임은 화매가 익힌 유가장의 내가심법과 충돌하지 않아. 오히려 큰 보탬이 될 거야."

"보탬이 된다고요?"

"그래. 한번 확인해 봐."

이신의 말이 끝나기 무섭게 유세화는 그 자리에서 가부좌를 틀고 심법을 운용했다.

그리고 잠시 후 눈을 뜬 그녀는 믿을 수 없다는 표정을 지었다.

'세상에, 내력이⋯⋯!'

통상 내공 수련시보다 훨씬 많은 양의 내력이 단전에 쌓여 있었다. 마치 마공이라도 익힌 게 아닌가 하는 착각이 들 만큼 엄청난 양의 내공이었다.

아니, 설사 그 어떤 속성 마공이라 하더라도 이만한 양은 불가능할 것 같았다.

이런 미친 속도의 축기라니! 이거 사기 아냐?

정말이지 신세계에 와 있는 기분이었다.

곧 죽을 사람처럼 시름 가득했던 얼굴이 기쁨으로 환하게 밝아진 그녀를 보면서 이신이 피식 웃었다.

그녀는 아직 모르고 있었다.

진정한 신세계는 그 뒤에 있다는 것을.

*   *   *

"유하검법을 펼쳐 봐, 화매."

다소 뜬금없는 이신의 요구에 유세화는 살짝 고개를 갸웃거렸지만, 앞서 만형검로 건이 있다 보니 이번에도 그에게 뭔가 생각이 있겠거니 싶어 이내 고개를 끄덕였다.

곧바로 자리에서 일어나서 유하검법의 기수식 자세를 잡는 유세화.

그 순간, 그녀의 고운 아미가 저도 모르게 살짝 찡그려졌다.

'뭐지?'

콕 집어서 말하기는 그렇지만, 뭔가 평소보다 검을 잡는 게 한결 편안하고 안정적이라는 느낌을 받았다.

'그냥 기분 탓인가?'

이상하다는 생각도 잠시, 이내 대수롭지 않게 여기면서 그녀는 일말의 잡념조차 지운 채 천천히 유하검법의 초식을 차례대로 펼치기 시작했다.

그 모습을 조용히 지켜보면서 이신은 생각했다.

'확실히 다르군.'

유세화가 펼치는 유하검법은 전에 유지광이 펼치던 유하검법과는 확연히 달랐다.

유지광의 검이 단순히 부드럽기만 한 게 아니라 그 와중에 유장하면서 중후한 기도를 내포하고 있다면, 그녀의 유하검법은 부드러움이 더욱 강조되면서 여성 특유의 세밀함까지 추가된 식이었다.

마치 남녀 간의 차이를 그대로 검법으로 보여준다고 할까?

그렇기에 엄연히 같은 초식의 검법이면서도 부드럽게 펼쳐진다는 것 외에는 제각기 다른 개성과 인상을 보여줬다.

그렇게 유세화가 유하검법의 초식을 한창 펼치고 있을 때였다.

"잠깐만."

갑자기 이신이 그리 말하면서 유세화의 가녀린 팔을 대뜸 붙잡고 자세를 교정했다.

그 순간, 유세화는 머릿속이 새하얘지면서 속으로 소리 없는 비명을 내질렀다.

'꺄아아악! 가, 가까워……!'

안 그래도 서로의 숨결이 느껴질 만큼 가까운데 이신이 서슴없이 자신의 팔까지 만져 대자, 그녀의 얼굴은 그야말로 터질 듯한 기세로 붉게 물들었다.

그러거나 말거나 이신은 그녀의 자세를 마저 교정하면서 말했다.

"자, 방금 전에 펼치려고 한 초식을 지금 이 자세에서 이어서 펼쳐 봐. 단 반 호흡만 더 빠르게."

"네, 넷."

유세화는 어떻게든 자신의 붉어진 얼굴을 숨기고자 이신의 말에 얼른 답하고는 그의 충고대로 반 호흡만 더 빠르게 검을 휘둘렀다.

성—!

그 순간, 경쾌한 바람소리와 함께 유세화의 표정이 놀라움으로 물들었다.

'아!'

저도 모르게 입 밖으로 나올 뻔한 탄성.

그저 자세를 교정하고 반 호흡만 빨리 펼쳤을 뿐인데, 목검을 휘두르는 느낌이 이전과는 확연하게 달랐다.

동작 자체는 지금까지 그녀가 알아온 유하검법과는 별반 다를 게 없어보였지만, 그녀의 몸이 본능적으로 말하고 있었다.

이거야말로 자신에게 딱 맞는 옷이라고. 지금까지가 오히려 부자연스러웠다고.

그 기묘한 감각에 빠진 상태에서 이신의 교정은 총 여섯 번에 걸쳐서 이뤄졌고, 유하검법의 마지막 초식까지 막 끝마치는 순간 이신이 문득 말했다.

"축하해, 화매."

"네?"

뭔가에 홀린 듯한 표정을 짓던 유세화가 퍼뜩 정신을 차리면서 되물었다.

그러자 이신이 말했다.

"이제 화매의 유하검법은 칠성에 이르렀어."

"……!"

유세화는 진심으로 경악을 금치 못했다.

칠성의 경지라니.

지난 수년간 그녀의 앞을 가로막고 있던 칠성의 벽을 그저 교정 몇 번만으로 간단히 넘어 서다니.

현실적으로 정녕 가능한 일이란 말인가?

도저히 믿기 어렵다는 표정의 유세화에게 이신이 웃으면서 말했다.

"못 믿겠으면 다시 한 번 유하검법을 펼쳐 봐."

자고로 백문이 불여일견이라고 했다.

유세화는 즉각 유하검법을 펼쳤다.

그리고 모든 초식을 다 펼치고 났을 때, 그녀의 눈이 저도 모르게 휘둥그레졌다.

"아!"

기어코 입 밖으로 나오고 만 탄성.

유세화의 유하검법은 이미 이전과는 완전히 다른 검법이라고 해도 무방할 정도로 확 바뀌어 있었다.

아니, 정확히는 기존 유하검법의 틀은 유지한 채 오직 유세화만을 위해서 갈고 다듬어진 새로운 검법이라는 게 맞는 표현이었다.

유세화는 차마 믿을 수 없다는 얼굴로 이신을 바라봤다.

"…도대체 저에게 무슨 일이 일어난 거죠?"

아무리 견문이 짧은 그녀라도 알 수 있었다.

이런 일은 아무나 할 수 있는 일이 아니거니와, 또한 누구에게나 주어지지 않는 일생일대의 기연이라는 걸!

더욱이 단순한 지적과 자세 교정만으로 이런 놀라운 일이 가능할 리도 없다는 것을.

이신이 담담하게 말했다.

"사실 동공 이외에도 미처 말하지 않은 만형검로의 숨겨진 공능이 또 하나 있지."

"그게 뭐죠?"

"그릇의 완성."

"그릇이요?"

퍼뜩 이해가 가질 않았다.

일반적으로 강호에서 그릇이란 단전을 뜻했다. 그렇지만 이신이 말하는 그릇은 단전이 아닌 것 같았다.

"쉽게 말하자면 검법을 펼치기에 가장 이상적인 육체를 만든다는 거야."

"아! 그렇군요."

그릇이 육체를 의미함을 깨달은 그녀가 고개를 끄덕였다.

"사실 내가 한 일은 화매에게 만형검로를 알려준 것밖에 없다고 봐도 무방해. 결정적으로 화매의 검법을 비약적으로 발전시킨 건 어디까지나 만형검로의 공능이었어. 유하검법이 화매에게 꼭 알맞은 옷이 되었기 때문에 그렇게 비약적인 성취를 이룰 수 있었던 거야."

"세상에⋯⋯!"

그러고 보니 방금 유하검법을 펼치기 전, 목검을 손에 쥐자마자 이전에는 없었던 편안함을 느낄 수 있었다.

그것은 만형검로의 공능이 발휘되어 그녀의 몸에 딱 맞게 맞춰진 유하검법 때문이었던 것이다.

그렇게 그녀의 유하검법은 이전과 완전히 달라졌다. 이젠 오직 그녀만을 위한 유하검법만이 존재했다.

홍분으로 상기된 그녀의 시선을 마주 보며 이신은 옅은 미소를 지었다.

"애당초 만형검로의 발상지인 검각에서 자신의 제자들에게 단 한 명의 예외 없이 만형검로를 익히게 한 것도 바로 그러한 이유 때문이었지."

"검각⋯⋯."

생전 처음 들어보지만 문파 이름만 들어도 쉬이 그곳이 어떤 곳인지 유추할 수 있었다.

필시 구도의 길을 걷듯이 검도의 길을 걷는 그런 곳이었으리라.

그러니 이런 놀라운 공능을 지닌 검법마저 창안했으리라.

해연히 놀라는 것도 잠시, 곧 유세화는 문득 떠올린 듯 말했다.

"혹시 광이도 이걸 익혔나요?"

"아니."

이신은 한 치의 망설임 없이 고개를 내저었다.

이에 유세화는 의아하다는 표정을 지었다.

왜 자신에게는 선뜻 가르쳐 줬던 것을 동생 유지광에게는 가르쳐 주지 않았단 말인가?

유지광과 그녀가 익힌 검법이 같은 것이었기에 의문은 더 클 수밖에 없었다.

이신이 그런 유세화의 마음을 읽고 차분히 말했다.

"화매는 그동안 왜 자신의 유하검법이 육성의 경지에서 멈춘 건지 알고 있어?"

"네?"

"대답해 봐. 왜 육성에서 멈춘 것 같아?"

"그건……."

이전에는 그 이유가 무엇인지 몰랐다.

하나 만형검로에 의해서 칠성의 경지로 나아간 지금이라면 어렴풋이 알 것 같았다.

왜 그동안 육성이라는 경지에 머물러 있었는지를.

이윽고 유세화는 스스로 답을 찾았다.

"…저와 유하검법이 맞지 않기 때문이에요."

애초에 유하검법은 그녀에게 안 맞는 옷이었다. 그것을 억지로 맞춰서 육성에 이른 것도 사실 그녀의 자질이 원체 뛰어나지 않았더라면 불가능에 가까운 일이었다.

"정답이야. 그래서 화매에게 만형검로를 가르쳤어. 애초에 유하검법은 여인에게 어울리는 검법이 아니었으니까. 그래서 만형검로의 공능을 이용한 거야. 본래 맞지 않는 옷이었던 유화검법을 화매에게 알맞은 옷이 되도록 바꾸려면 반드시 필요한 일이었으니까."

"아……."

"유하검법의 유래에 대해서는 이미 알고 있지?"

"네."

"본래 도교의 성지에서 파생된 유하검법인 만큼 여인의 몸으로 익히기에는 어려움이 많았을 거야. 한데 화매는 그런 근본 자체를 무너뜨리고 놀랍게도 육성이란 성취를 이뤘어. 그만큼 무공에 대한 화매의 자질이 제법 출중하다는 뜻이지. 그리고 이번에 만형검로를 익혔으니 발전이 더욱 빨라지게 될거야."

"네? 더 빨라진다고요?"

이제는 두 개를 동시에 수련해야 하는데 어떻게 더 빠른 성취가 가능하단 걸까?

"직접 그 공능을 경험했는데, 아직도 모르겠어?"

"아아아!"

말뜻을 알아들은 그녀의 입에서 탄성이 흘러나왔다.

앞서 여인의 몸에 맞지 않은 유하검법을 마치 꼼꼼하게 치수를 재서 만든 맞춤옷처럼 탈바꿈시켜서 완전히 자신의 것으로 개량해 준 만형검로였다.

익히기 전이라면 모를까 지금은 유하검법과 만형검로가 하나가 되었다는 뜻이었다.

이전에는 장작을 아무런 장비도 없이 그냥 두 팔만으로 옮겼다면, 이젠 한꺼번에 많은 장작을 담고 옮기는 것이 가능한 지게를 얻은 셈.

한데 그런 간단한 이치를 깨우치지 못하고 있었다니?

"에잇! 이런 바보!"

유세화가 자신의 머리에 꿀밤을 때리며 멋쩍게 웃었다.

그 모습이 귀여워 이신도 마주 웃었다.

그리고 이내 정색하며 나직이 말했다.

"이제 만형검로를 익혔으니 지금까지 살아왔던 평화로운 삶은 잊어야 할 거야. 앞으로 화매 앞에 온갖 더럽고 흉악한 것들이 펼쳐질 테니까. 어때? 지금이라도 돌아갈래?"

그 물음에 유세화의 안색이 살짝 변했다. 더럽고 흉악한 것들이라면 절대 길지 않은 시간 동안 이미 많이 봐왔지만, 앞으로 얼마나 더 지독해질지 알 수 없었다.

하지만.

"각오하라는 말씀이시라면, 가가와 함께 길을 떠나는 그 날 이미 다 했어요. 전 이제 돌아가지도, 도망치지도 않을 거예요. 그리고……."

말끝을 살짝 흐리는 것과 동시에 그녀의 시선이 이신과 마주쳤다.

그 눈에는 끝없는 애정과 신뢰가 동시에 자리하고 있었다.

그녀는 웃으면서 마저 말을 끝맺었다.

"저에게는 누구보다도 강하고 믿음직스러운 중원 최고의 사부님이 계시니까요."

그녀의 대답이 끝나기 무섭게 이신의 입꼬리가 저도 모르게 살짝 올라갔다.

'스승님이 이런 심정이셨을까?'

알 길이 없었다.

이미 그의 스승 종리찬은 영면에 들어간 지 오래였으니까.

문득 스승님이 그리워졌다.

'과연 나는 스승님에게 어떤 제자였을까?'

하나 아무리 생각해도 스승님이 보았던 자신이 어땠을지

짐작할 수가 없었다.

다만… 마지막 가시는 길에 한 점 여한 없이 평안하셨던 스승님의 모습에서 한 가지는 확실히 알았다. 그래도 내가 못난 제자는 아니었다는 것을.

그리고 앞으로도 그러할 것임을.

'스승님, 그곳에서도 계속 지켜봐 주십시오.'

스승님을 그리며 하늘을 올려다보고 있노라니, 문득 달에 겹치는 얼굴 하나가 있었다.

구양소소.

작고 뽀얀 그 아이의 얼굴을 떠올리며 이신이 생각했다.

'그 아이는 지금쯤 뭘 하고 있을까?'

오늘 밤은 보름달이 뜨는 날.

원래라면 현음구절맥 때문에 괴로워했을 아이였다. 물론 깨끗이 다 나았으니 평온하게 밤을 보내고 있을 것이다.

그래도 만에 하나 혹시라도 할아버지를 찾으며 그 아이가 외로워하진 않을까 걱정이 되는 것은 어쩔 수 없었다.

'조금만 더 참고 기다려 다오. 곧 가마.'

앞으로 대별산까지 남은 여정은 적어도 십수 일 정도의 거리.

다음 보름달이 뜨는 날까지는 대별산까지 도착하려면 서둘러야겠다는 생각이 문득 들었다.

'그 어느 때보다 바쁜 보름이 되겠군.'

그리고 다음 보름달이 뜨기 이틀 전, 관도 위를 내달리던 사두마차는 마침내 대별산 문턱에 이르렀다.

第七章
사제재회(師弟再會)

우우우우우웅—!

정체를 알 수 없는 기음과 함께 녹음으로만 우거져 있던 주변의 정경이 변화했다.

그리고 한 채의 낡은 오두막 앞에 두 남녀가 모습을 드러냈다.

바로 이신과 유세화였다.

"이런 장소가 숨겨져 있었다니……! 놀라워요, 가가!"

생전 처음으로 진법을 경험한 터라 유세화는 눈을 휘둥그레 뜨면서 오두막 주변을 두리번거렸다.

반면 이신은 이전과 다를 바 없는 오두막의 정경을 보면서 순간 아련하다는 표정을 지었다.

전에는 스승 종리찬과의 아픈 기억을 떠올리게만 하던 안가였지만, 지금은 그 슬픈 기억 위로 하나의 새로운 기억이 덧씌워졌다.

바로 그가 처음으로 들인 제자와의 첫 만남과 관련된 기억이었다.

'그땐 나도 참 성급했지. 겨우 열댓 살도 안 된 여자아이를 상대로 손을 쓸 뻔했으니.'

과거의 실수를 쓴웃음으로 애써 넘기면서 이신은 오두막 쪽으로 걸음을 옮겼다.

그러자 한참 주변의 정경을 구경하기에 바빴던 유세화도 뒤늦게나마 얼른 그 뒤를 따랐고, 곧 이신이 오두막의 문을 열려는 찰나였다.

"사부님!"

외침과 함께 오두막의 문이 열리면서 이신의 품안에 누군가 덥석 안겨들었다.

순간 유세화는 깜짝 놀라고 말았다.

그도 그럴 게 웬 은회색 머리카락의 소녀가 안에서 튀어나와서 이신과 포옹했으니 어찌 놀라지 않겠는가?

반면 이신의 경우에는 다른 의미에서 놀랐다.

"너, 소소… 맞느냐?"

이미 문 앞에서 은발 소녀가 자신을 기다렸다는 것쯤은 알고 있었다.

기척을 감지했고, 익숙한 기운 역시도 느껴졌으니까.

정작 그를 놀라게 한 것은 은발 소녀, 구양소소의 외견이었다.

'분명 저번에는 내 허리춤까지도 안 오던 아이였는데.'

지금은 무려 그의 가슴팍까지 왔다. 족히 머리 하나는 더 자란 것이다.

불과 한 달여 만에 이 정도로 성장하다니.

제아무리 성장기의 아이라고 해도 너무 급격한 성장이었다.

구양소소가 헤헤 웃으면서 말했다.

"할아버지가 그러셨어요. 저처럼 절맥증에 걸린 아이들은 대체로 또래들보다 다소 성장이 더디다고요."

"아!"

구양소소의 말에 이신은 저도 모르게 탄성을 내질렀고, 그 제야 납득이 간다는 표정으로 이내 고개를 끄덕였다.

'그렇군. 절맥증이 나으면서 그간 미뤄졌던 성장이 급속도로 진행된 건가?'

일반적인 상식이었지만, 그렇다고 해도 그냥 말로 듣는 것과 실제로 보는 것의 차이는 큰 법.

미처 예상하지 못한 반전이 아닐 수 없었다.

'그러고 보니 마의 어르신은 이미 알고 있었던 것 같은 데……'

틀림없이 일부러 말해주지 않은 것이리라.

직접 보고 놀라라고.

'어째 내 주변의 어르신들은 죄다 남을 놀라게 하길 좋아하시는 것 같구나.'

확실히 놀라기는 했지만, 그보다도 흐뭇한 마음이 먼저 들었다.

더뎠던 성장이 빠르게 진행되었다는 것 자체가 절맥증이 완쾌되었다는 명백한 증거였으니까.

거기다 기감으로 몰래 살펴보니 그녀의 단전에 자리한 관화심법의 내기도 충분히 안정화된 상태였다.

제아무리 현음구절맥의 영향으로 남들보다 오성이 뛰어난 구양소소라고 하지만, 이런 단기간에 저 정도로 발전하려면 조석으로 빠짐없이 노력해야 하는 법.

그 과정을 자신의 도움도 없이 홀로 당당히 넘어선 제자의 모습에 절로 대견한 마음이 들었다.

이에 저도 모르게 구양소소의 머리를 쓰다듬었는데, 구양소소는 쑥스러운 표정은 지을지언정 그 투박한 손길을 거부하지 않았다. 오히려 내심 반색하는 느낌이었다.

그러다 문득 옆에서 시선이 느껴졌다.

고개를 돌리자 유세화가 연신 안절부절못하면서 이신과 구양소소를 번갈아보고 있었다.

딱 봐도 구양소소의 정체와 이신과의 사이가 궁금하다는 눈치였다.

그녀의 뜻을 알아차린 이신이 웃으면서 말했다.

"화매, 소개할게. 이 아이의 이름은 구양소소. 마의 어르신의 손녀이자 내 유일한 제자야."

"아! 그 아이가 바로……."

사실상 이번 대별산행 자체가 마의의 손녀를 데려오는 게 목적이었다.

그걸 생각하면 구양소소의 정체를 바로 알아차려야 마땅했지만, 그간 마의 등을 통해서 전해들은 그녀의 외견과 현재의 모습에 워낙 차이가 있어서 저도 모르게 긴가민가했던 것이다.

그렇게 구양소소의 소개가 끝나고 이번에는 유세화의 소개로 넘어갔다.

"소소, 이쪽은 유가장의 유세화 소저라고 한다. 네 할아버지께서 치료 중인 유가장 가주님의 따님이시기도 하지."

"헤에, 정말요?"

이신의 소개가 끝나기 무섭게 구양소소는 왠지 모르게 호기심 가득한 초롱초롱한 눈빛으로 이신과 유세화를 번갈아봤다.

그러더니 불쑥 이신에게 물었다.

"한데 두 분은 어떤 사이세요?"

"어떤 사이냐고?"

예상치 못한 그녀의 질문에 이신은 살짝 당황했지만, 이내 평정을 되찾으면서 말했다.

"갑자기 왜 그런 질문을 하는 것이냐?"

"남녀칠세부동석이라고. 보아하니 이곳까지 두 분이서만 오신 것 같은데, 아무런 사이가 아니면 그러기가 쉽지 않잖아요?"

구양소소의 지적은 타당했다.

확실히 남녀 둘이서 마차를 타고 장거리를 여행하는 것은 세간의 눈으로 보기에도 상당히 미심쩍은 일.

더군다나 구음절맥 중에서도 드물다는 현음구절맥을 앓았던 만큼 구양소소의 머리는 뛰어난 편이었다.

당연히 범상치 않은 두 남녀의 관계를 한눈에 꿰뚫어본 것이리라.

마냥 얼버무릴 수 없다 여기면서 이신은 천천히 입을 열었다.

"글쎄, 아직 가주님께 정식으로 말씀드린 적은 없지만……"

살짝 뜸을 들이면서 이신의 시선이 자연스레 유세화에게로 향했다.

그는 그 여느 때보다 자상하고 확신에 찬 표정으로 마저 말을 이었다.

"남은 평생을 함께할 사이라고 봐야겠지."

'펴, 평생을 하, 함께……!'

대번에 유세화의 두 볼이 붉어졌다.

그리고 이어지는 구양소소의 말은 더욱 그녀의 얼굴을 붉어지게 만들었다.

"아하, 부부가 될 사이란 거네요."

'부, 부부……! 가, 가가와 내가 부부라고!'

유세화는 이제 정신이 다 혼미할 지경이었다. 자신과 이신을 그 정도의 사이로까지 봐주다니!

처음에 난데없이 이신에게 멋대로 포옹하고, 그것도 모자라서 그에게 머리를 쓰다듬어지는 모습을 볼 때만 해도 살짝 샘솟았던 구양소소에 대한 질투심은 이내 눈 녹듯이 사라졌다.

그런 그녀의 모습을 의미심장한 표정으로 바라보던 구양소소는 기습적으로 유세화의 손을 붙잡더니 냉큼 자신의 머리 위에 있던 이신의 손등 위에다 포개 버렸다.

"어멋!"

순간 유세화는 귀까지 다 벌게질 만큼 당황을 금치 못했다.

반면 이신은 이게 뭐하는 짓이냐는 표정으로 구양소소를 물 끄러미 바라봤다.

이에 구양소소는 살짝 장난기 어린, 그러나 결코 미워할 수 없는 귀여운 미소와 함께 말했다.

"헤헤헤, 그 정도로 가까운 사이시라면 손도 좀 잡고 그러셔야죠. 설마 제 눈치를 보느라고 애써 자제하고 그런 건 아니시죠?"

"흠, 그런 건 아니지만……"

생각해 보니 유세화와 그런 쪽의 진도는 많이 안 나간 것도 사실이었다.

혼전순결이니 뭐니라는 거창한 이유보다는 그저 그녀를 아껴준다는 생각에서였는데, 슬쩍 옆을 바라보니 유세화는 얼굴이 붉어질지언정 먼저 손을 빼거나 하진 않았다.

적어도 지금의 상황이 마냥 싫지만은 않다는 뜻이었다.

'흠, 내가 그간 너무 무심했던 건가?'

가만히 생각해 보니 지난날 수련하는 와중에 직접 자세를 교정하거나 할 때마다 그녀의 얼굴이 붉어지고, 그것도 모자라서 얼음처럼 굳어버렸던 일들이 하나둘씩 떠올랐다.

그럴 때마다 자신이 뭘 잘못했나 싶었는데, 원인은 전혀 엉뚱한 곳에 있었던 모양이다.

'아무래도 앞으로는 화매의 관계를 좀 더 적극적으로 진전

시킬 필요가 있겠군.'

동시에 구양소소를 새삼스럽다는 눈길로 쳐다봤다.

만약 구양소소가 자신에게 그 사실을 깨닫게 할 요량으로
일부러 이런 짓을 벌인 거라면 실로 그녀가 나이에 걸맞지 않
게 영악하다고 봤을 것이다.

하지만 그녀는 어디까지나 그저 순수하게 자신과 유세화가
보다 정다운 모습으로 있길 바라는 마음에서 그랬을 뿐, 특별
히 다른 의도는 없어 보였다.

그러다 문득 떠올렸다.

'조금 전에 나와 화매를 부부가 될 사이라고 했을 때였나?'

구양소소의 입에서 그 말이 나왔을 때, 언뜻 그녀의 눈에
떠올랐다가 사라진 희미한 감정을 이신은 놓치지 않았다.

그것은 다름 아닌 그리움이었다.

이신과 유세화의 사이를 부부 같다고 하면서 그러한 감정
을 떠올렸다면, 한 가지 경우밖에 없었다.

바로 그녀가 어릴 때 눈앞에서 잃고 말았던 그녀의 친부모
에 관한 기억이 불현듯 떠오른 것이리라.

이신은 문득 안타깝다는 마음이 들었다.

생각해 보면 구양소소 또래의 아이들은 한참 부모의 품안
에서 사랑으로 크고 있을 터였다.

한데 그녀는 남들과 달리 현음구절맥이라는 희귀한 절맥을

않았다는 사실 하나만으로 부모를 비롯한 가족들은 물론이거니와 삶의 터전을 잃고 말았다.

거기다 유일한 가족인 할아버지 마의와 함께 구양세가에 쫓기는 것도 모자라서 이런 외진 산속에서 숨어사는 신세가 되고 말았으니 어찌 사람의 온기가 그립지 않겠는가.

아마도 그녀는 자신과 유세화에게서 죽은 부모의 모습을 은연중에 투영하고 있으리라.

앞서 그녀의 머리를 쓰다듬는 이신의 손길을 거부하지 않은 것도, 지금의 돌발 행동 역시도 그러한 맥락에서일 것이다.

'군사부일체라고 했다. 비록 진짜 부모님만큼은 아니더라도 앞으로는 내가 소소의 아버지가 됐다는 마음으로 이 아이를 챙겨야겠구나.'

그렇게 구양소소와의 재회가 끝나고, 이신은 두 여인을 남겨두고 잠시 진법 바깥으로 나왔다.

그러자 그가 바깥으로 나오기 무섭게 발밑의 그림자가 대뜸 액체처럼 솟아오르더니 곧 사람의 형체로 바뀌었다.

날카로운 인상의 문사 청년.

혈영대의 오조장이자 이신의 믿음직스러운 참모, 단무린이었다.

내내 이신의 그림자 안에 숨어 있던 그는 오직 이신이 혼자가 되었을 때만 잠시 모습을 드러냈는데, 지금이 바로 그러한 순간이었다.

그는 먼저 정중하게 이신에게 포권하더니 곧 부복한 채로 입을 열었다.

"오늘 아침, 이조장으로부터 은밀하게 연락이 왔습니다."

"뭐라더냐?"

이신의 물음에 단무린은 말했다.

"임무에 성공했다고 합니다."

"그래?"

이신의 대별산행.

그 여정의 목적은 단순히 마의의 손녀 구양소소를 데려오는 것뿐만이 아니었다.

안 그러면 따로 소유붕과 신수연에게 임무를 내리지도 않았을 것이다.

그중 소유붕의 임무가 성공했다는 말에 이신은 말했다.

"어디라고 하더냐?"

"마침 이 근방인 남양이라고 하더군요. 말을 타면 못 해도 반나절 만에 왕복할 수 있는 거리에 위치한 작은 현입니다."

"좋군."

이신의 입꼬리가 살짝 올라갔다.

싸늘한 조소.

그것은 지금껏 유세화나 구양소소 앞에선 단 한 번도 내보인 적 없는 사신(死神)의 미소였다.

그와 함께 자연스레 그의 신형에서 흘러나오는 위협적인 살기에 내심 감탄하면서 단무린이 말했다.

"어찌 할까요? 그냥 이조장더러 처리하라고 할까요?"

단무린의 물음에 이신은 천천히 고개를 내저었다.

"아니 될 말이다. 그렇게 쉽게 끝내선 곤란하지. 더군다나……"

이신의 시선이 슬쩍 진법 안으로 향했다. 정확히는 그 안에서 구양소소와 친자매처럼 어울리고 있을 유세화를 향한 시선이었다.

"아직 당사자의 의견조차 제대로 묻지 않은 상태 아니더냐."

그의 말에 단무린이 고개를 끄덕였다.

확실히 이신의 말대로 이번 일은 그들의 선에서 끝내서는 안 되는 일이었다.

적어도 유세화나 그녀의 가문, 유가장을 생각한다면 그게 순리에 맞았다.

이윽고 이신이 말했다.

"안내해라."

"넵!"

이신의 말이 떨어지기 무섭게 단무린은 양손으로 특이한

수인(手印)을 맺었다.

그러자 순식간에 그의 그림자가 영역을 넓히더니 냅다 두 사람을 감싸 버렸다.

그렇게 두 사람을 집어삼킨 그림자가 빛보다 빠른 속도로 이동하기 시작했다.

두 시진 후.

그새 날이 저물고, 다시 대별산으로 돌아온 이신은 구양소소와 유세화를 데리고 인근 마을로 향했다.

그 짧은 사이에 꽤나 가까워진 듯 유세화와 구양소소는 함께 마주 앉아서 마차 안에서 이런저런 이야기를 나누면서 깔깔 웃어댔다.

그 모습은 정말로 친자매라고 착각하게 만들 정도로 두 사람의 우애가 깊어 보였다.

그럴 수밖에 없는 것이 구양소소는 원체 사람의 온기가 그리운 터라 자연 말투나 태도가 사근사근하고 새끼 강아지마냥 붙임성 있게 다가와서 누구라고 한들 싫어할래야 할 수가 없었다.

거기다 유세화는 지금껏 살면서 단 한 번도 동생다운 동생을 가져 본 적이 없었다.

친동생이라고 해봐야 무뚝뚝한 남동생인 유지광 정도였고,

그나마 연하인 신수연의 경우에는 딱히 동생이라는 느낌이 들지 않았다. 오히려 그녀는 연적에 가까웠다.

그러다 보니 살갑게 다가오는 구양소소의 모습이 그리 예뻐 보이지 않을 수 없었다.

내심 마의나 제갈훈이 구양소소라면 사족을 못 쓰는 이유를 어느 정도는 알 것도 같았다.

그렇게 등 뒤에서 들려오는 두 여인의 웃음소리를 마부석에 앉아서 감상하던 이신은 마을의 유일한 객잔 앞에서 멈췄다.

"날이 늦었으니 더 이동하기보다 여기서 하루 머물기로 하지."

동시에 늦은 저녁도 해결하기로 했다.

잠시 후, 상다리가 휘청거릴 정도로 잘 차려진 식탁을 마주하게 된 세 사람.

자기 앞의 음식을 조용히 먹는 이신이나 유세화와 달리 구양소소는 식사 본연의 행동에 집중하지 않았다.

그녀는 주문한 음식들이 나올 때마다 연신 감탄을 연발하면서 강아지처럼 킁킁거리며 음식의 냄새를 맡거나 살짝 맛보기를 반복했다.

다 어디서나 흔히 볼 수 있는 음식들이었지만, 그간 오두막에서 마의가 만든 벽곡단이나 산나물 따위로 끼니를 때우기

일쑤였던 구양소소에게는 그마저도 전부 낯설고 신기할 수밖에 없었다.

어찌 보면 꽤나 식사예절에 어긋나서 보는 이의 눈살을 찌푸리게 할 수 있는 행동이었지만, 워낙 그녀 자체가 순수하고 티 없이 해맑아서 도리어 흐뭇하게 시선으로 쳐다보는 이들이 대부분이었다.

유세화는 그런 구양소소가 귀엽다는 듯 그녀의 머리를 쓰다듬은 뒤, 곧 신기하다는 표정으로 말했다.

"정말 이렇게 감쪽같이 머리카락 색깔을 바꾸는 게 가능한 줄은 몰랐네요. 도대체 이런 건 어디서 배우신 거예요?"

원래 구양소소의 머리카락은 회색빛이 살짝 감도는 은발이었지만, 지금 그녀의 머리카락은 흑단처럼 검고 윤기가 자르르 흘렀다.

놀랍게도 그것은 이신의 솜씨였다.

유세화가 연신 감탄하자 그는 별거 아니라는 듯 말했다.

"그냥 한낱 잡기일 뿐이야. 필요한 재료와 사용하는 방법만 알면 누구나 쉽게 따라할 수 있는 일이지."

비록 말은 그리 했지만, 제아무리 견문이 짧은 유세화라고 할지라도 지금 이신의 말이 일종의 겸손이라는 것쯤은 쉬이 알 수 있었다.

그도 그럴 게 만약 친할아버지인 마의가 이 자리에 있었다고 해도 바로 그녀를 못 알아볼 정도로 구양소소의 변장은 완벽했다.

단순히 머리카락을 검게 염색하는 것뿐만 아니라 얼굴선이나 눈꼬리 같은 미세한 부분에도 변화를 줘서 자연스레 이목구비 자체를 본연의 모습과는 다르게 보이도록 만들었기 때문이다.

그 정도의 솜씨를 한낱 잡기 따위로 폄하한다는 건 말도 안 되는 일이었다.

'도대체 가가는 어디서 이런 걸 다 익히신 걸까?'

유세화는 궁금한 마음과 함께 살짝 관심 있다는 표정을 지으며 말했다.

"혹시 저도 배울 수 있나요?"

"글쎄. 화매는 이런 잡기보다는 지금 배우고 있는 만형검로의 수련에만 집중하는 편이 더 나을 거야. 자고로 과유불급이라고 했잖아?"

이신은 부드럽게, 그러나 확실하게 딱 잘라서 유세화의 요청을 거절했다.

그도 그럴 게, 그것은 혈영대의 임무를 수차례 수행하면서 자연스레 손에 익은 역용술의 기법 중 하나였기 때문이다. 전문적인 살수나 뒤가 구린 칼잡이들이나 익히는 잡기를 그녀에게 가르칠 하등의 이유도 없었다.

물론 이 사실을 유세화가 안다면, 거저 배우라고 해도 안 배우겠지만 말이다.

다행히도 이신이 그리 단호하게 나오자 유세화도 더는 역용술에 대한 관심을 보이지 않았다. 대신 다른 쪽으로 관심을 돌렸다.

"그보다 아까 전에는 어디를 갔다 오셨던 거예요?"

이신은 약 두 시진 전쯤에 자신과 구양소소만 진법의 안가 속에 놔두고 어딘가에 다녀왔다.

처음에는 개인적인 볼일인가 싶어서 애써 묻지 않았지만, 시간이 지나면 지날수록 궁금증은 커져서 결국 이렇게 직접 물어보게 되고 만 것이다.

한데 이상하게도 이제까지는 그녀의 질문에 막힘없이 답하던 이신은 처음으로 대답 대신 입안의 음식을 소리 없이 곱씹기만 할 뿐이었다.

이에 유세화가 의아하게 여기며 다시 질문을 이어가려는 찰나, 이신이 먼저 입을 열었다.

"알고 싶어?"

"그야……."

당연히 알고 싶었다.

아니, 그것 말고도 평소 그의 일거수일투족까지 전부 다 궁금했다.

사랑하는 연인 간에는 그게 당연한 일 아니겠는가.

그런 속마음을 숨긴 채 유세화는 이신을 바라봤고, 그녀의 눈빛에 진 듯 이신은 양손을 들어 올렸다.

"좋아. 말해줄게. 대신 식사는 마저 끝낸 다음 하자고. 모처럼의 진수성찬인데 남기면 아깝잖아."

"아, 네."

이신의 말마따나 아직 탁자 위에는 안 먹은 음식들이 많이 남아 있었다.

구양소소 딴에는 철이 들고 난 뒤로 처음으로 하는 세상 나들이나 마찬가지라 이것저것 먹고 싶은 걸 시켜줬는데, 그 양이 제법 되었다.

유세화는 살짝 질린 표정으로 음식들을 바라봤다.

'이걸 언제 다 먹지?'

하나 이신이 본격적으로 작정하고 먹는 모습을 보는 순간, 그것이 괜한 걱정이라는 게 증명되었다.

이신은 소리 없이, 그러나 빠르게 자기 앞의 접시들을 깡그리 해치웠다.

도대체 저 안에 어떻게 다 들어가나 싶을 정도로 믿을 수 없는 양과 속도!

겉보기에는 이신의 체격이 그리 큰 편이 아니었지만, 아는 사람들은 다 안다.

그 안에 감춰진 이신의 육신은 가히 흉기라고 말해도 부족함이 없을 정도로 단 한 점의 군살 없이 완벽하다는 것을.

그러한 몸을 유지하기 위해선 매일같이 꾸준한 수련도 수련이지만, 그만큼 영양분도 일정 수준 이상으로 섭취해 주지 않으면 안 되었다.

유세화는 물론이거니와 구양소소 역시도 입을 헤 벌리면서 이신의 식사하는 모습을 멍하니 지켜봤다.

그렇게 얼마 지나지 않아 식탁 위의 접시들이 싹 비워졌다.

순식간에 그 많은 음식을 해치운 것치고 꽤 멀쩡한 모습을 한 채 이신이 말했다.

"날도 늦었으니, 소소는 슬슬 방에 먼저 들어가 있지 않을래?"

"네, 사부님."

구양소소는 군말 없이 이신의 말을 따라 미리 잡아둔 이 층의 객실로 냉큼 올라갔다.

어릴 때부터 병마를 앓아오면서 사연 철이 일찍 든 그녀는 이신이 유세화와 단둘이서 매우 중요한 이야기를 할 거라는 걸 은연중에 눈치챈 것이다.

눈치 있게 알아서 자리를 피해주는 기특한 제자의 뒷모습을 바라보던 이신은 그녀가 시야에서 사라지자마자 자리에서 일어났다.

"잠시 나가서 이야기할까?"

이신은 그 여느 때보다 진지한 표정을 한 채 물었다.

동시에 그에게서 느껴지는 뭔가 심상치 않은 분위기에 압도 당한 유세화는 얼떨결에 고개를 끄덕이며 그의 뒤를 따랐다.

객잔을 나와서 두 사람이 향한 곳은 그들이 타고 온 사두 마차를 세워둔 객잔의 뒷마당이었다.

인적이 드문 그곳에서 문득 멈춰선 이신은 불현듯 유세화 에게 말했다.

"사실 화매를 위한 작은 선물을 준비해 왔어."

"선물이요?"

순간 유세화의 얼굴이 화색이 되었다.

아무도 없는 곳에서 사랑하는 정인이 건네주는 선물.

그것이 어떤 것인지 궁금하면서도 내심 기대하게 되는 건 자연스러운 여자의 심리였다.

그런 그녀의 반응을 보면서 이신은 내심 쓴웃음을 머금었 다.

'뭘 기대하는지는 알겠지만…….'

유감스럽게도 그가 준비한 선물은 그런 부류의 것이 아니었 다.

그러나 막상 보면 그녀가 그 선물을 마음에 들어 할 것이라 고 자신하는 바였다.

딱—!

돌연 이신이 가볍게 오른손을 튕겼다.

그러자 갑자기 그의 발밑에 있던 그림자가 멋대로 요동을 치더니 곧 사람의 형상으로 바뀌었다.

익숙한 얼굴의 그를 보면서 유세화의 눈이 휘둥그레졌다.

"어머, 단 공자님. 여긴 어떻게? 거기다 어떻게 그림자에 서……?"

"……."

그녀의 연이은 물음에 청년, 단무린은 소리 없이 정중하게 인사만 할 뿐이었다.

이에 이신을 바라보자 그는 단무린에게 살짝 턱짓을 하면서 말했다.

"준비는 확실히 해놨겠지?"

끄덕—

단무린은 회심의 미소를 지으면서 고개를 힘차게 아래위로 끄덕였다.

이에 유세화는 단무린이 예의 선물을 준비했음을 알 수 있었다.

'도대체 무슨 선물이기에 단 공자까지 다 데려온 걸까?'

덕분에 선물에 대한 궁금증과 기대는 더욱 커져 갔다.

하지만 이어지는 광경은 그녀의 예상에서 완전히 빗나가고 말았다.

꿀렁—

단무린이 나왔던 그림자가 또다시 요동치더니, 이번에도 사람의 형상으로 바뀌어갔다.

잠시 후, 웬 처음 보는 중년인이 밧줄에 포박당한 채 모습을 드러냈다.

그 모습이 웬지 모르게 잘 포장된 선물을 연상케 해서 유세화는 설마 하는 얼굴로 이신을 바라봤다.

"저기, 가가. 혹시 선물이란 게……?"

"맞아."

이신은 거침없이 유세화의 기대를 아주 그냥 산산조각을 내버렸다. 그 무신경한 태도에 그녀의 얼굴 위로 일순 그림자가 드리웠다.

'뭐야, 기껏 사람 기대하게 만들어놓고는……'

물론 멋대로 기대한 그녀의 잘못이긴 했지만, 그래도 이건 아니지 않은가.

살짝 불퉁해지려는 그녀를 보면서 이신이 말했다.

"한번 자세히 봐봐."

"자세히 보라고 해도……"

실망감에 괜히 한번 투덜거렸지만, 그래도 일단 유세화는 이신이 시키는 대로 중년인을 자세히 살펴봤다.

그는 딱히 특정한 구석이라곤 찾아볼 수 없는 그야말로 평범한 외모의 소유자였다.

나중에 길을 걷다가 마주쳐도 과연 기억할 수 있을지 의문일 정도로 희미한 인상이었다.

어디서 이런 사람을 데려왔나 신기할 정도였다.

그 외에 특별히 눈길이 끄는 부분이 있다면, 중년인의 두 눈이었다.

'이 사람 눈이 왜 이렇지?'

중년인의 눈은 기묘하게도 썩은 동태눈깔처럼 초점이 흐릿하고 멍했다.

마치 혼이라도 나간 것 같았다.

유세화는 저도 모르게 단무린을 바라봤다.

보아하니 중년인을 데려온 것은 그인 것 같았는데, 도대체 무슨 짓을 하면 멀쩡한 사람이 이 지경이 될 수 있는지 궁금했다.

그러나 선뜻 물어보지는 못하고, 시선을 다시 중년인에게로 돌렸다.

'도대체 이 사람은 누굴까?'

암만 봐도 처음 보는 사람이었다.

그래도 나름 이신이 선물이랍시고 데려온 자였다.

분명 어떤 식으로든 자신과 연관이 있다고 보는 게 맞았다.

하지만 아무리 기억을 되새겨 봐도 중년인의 모습은 떠오르지 않았다.

결국 유세화는 더는 참지 못하고 이신에게 말했다.

"가가, 이 사람은 누구죠?"

그녀의 물음에 이신은 말했다.

"정말 이자가 누군지 모르겠어?"

"네. 전 정말 처음 보는 사람이에요. 도대체 누구죠?"

진심으로 궁금하다는 유세화의 표정에 이신은 중년인에게로 다가갔다.

그러고는 한 손으로 그의 얼굴을 거칠게 턱 붙잡으면서 말했다.

"이래도……."

찌이이이이익—!

"모르겠어?"

"……!"

순간 유세화의 눈이 찢어질 듯 커졌다.

그럴 수밖에 없었다.

이신의 손에 들려져 있는 것은 좀 전까지 중년인의 것이라고 믿었던 얼굴 가죽, 정확히 말하자면 인피면구였다.

그리고 그 인피면구가 사라진 자리, 그곳에는 그녀가 너무나 잘 아는 얼굴이 떡하니 자리하고 있었다.

아니, 잘 알다 못해서 떠올리기만 해도 피가 거꾸로 솟아오
를 만큼 뇌리에서 차마 못 지운다고 할까.

"만 총관!"

그는 바로 유가장의 전 재산을 가지고 홀연히 사라졌다고
알려진 전 총관, 만승지였다.

第八章
취중정인(醉中情人)

처음의 외침 이후, 유세화는 말없이 만승지를 바라보기만
했다.

그 와중에 그녀의 온몸은 한 겨울의 사시나무처럼 파르르
떨렸는데, 개중 꽉 쥔 두 손은 낭장이라도 만승지를 향해서
날아갈 것 같았다.

그녀의 소리 없는 감정의 폭발을 묵묵히 지켜보던 이신은
슬쩍 옆에 서 있던 단무린에게 눈짓을 줬다.

그러자 단무린은 오른쪽 손가락을 가볍게 튕겼다.

퓽―!

그가 발출한 지풍 한 가닥이 빠르게 날아가서 만승지의 몸에 격중했다.

그러자 지금껏 썩은 동태눈깔과 별반 다를 게 없던 만승지의 눈에 서서히 생기가 돌아오기 시작했다.

"으, 으음! 여, 여긴……?"

"…살아계셨군요. 만 총관."

"응?"

갑자기 위에서 들려온 음성에 만승지는 반사적으로 고개를 들었다.

그러자 무표정한 얼굴로 그를 내려다보는 유세화의 모습이 보였다.

순간 만승지의 몸이 얼어붙었다.

그는 차마 벌어진 입을 다물 수가 없었다.

'대, 대공녀?'

그런 만승지를 내려다보는 유세화의 눈빛은 어느 때보다 싸늘하기 그지없었다.

그가 오랫동안 알아온 유가장의 식솔들을 속이고 달아난 배신자라서?

그 때문에 가문이 재정적으로 크게 위태로워져서?

둘 다 아니었다.

그건 이어지는 그녀의 말이 증명했다.

"아니, 이렇게 불러드려야겠지요? 스승님."

"······!"

만승지의 동공이 순간 좌우로 미친 듯이 흔들렸다.

유세화, 그녀는 어릴 적부터 총관 만승지로부터 재정을 관리하는 것부터 시작해서 온갖 가문의 경영에 관련된 일들을 배웠다.

이를테면 사제지간이라고 할 수 있었다.

그렇기에 남들이 만승지가 유가장의 재산을 가지고 달아났다고 비난할 때도 그녀 혼자만은 끝까지 그 사실을 믿지 않았다.

오히려 이것이 일종의 음모라고 여겼다.

필시 만승지가 금와방이 보낸 자객에 의해서 죽임을 맞이하고, 이를 이용해서 금와방 측이 유가장의 자중지란을 유도하고자 일을 꾸민 것이라고.

여태껏 그리 믿어왔다.

그녀는 만승지의 하나뿐인 제자였으니까.

어찌 스승의 변절을 의심할 수 있단 말인가?

그러나 그 굳건한 믿음은 지금 이 순간, 한 겹의 얇은 유리장처럼 와르르— 깨지고 말았다.

다름 아닌 인피면구로 자신을 위장한 채 태연하게 목숨을 이어온 만승지 본인에 의해서.

유세화가 냉소 어린 눈으로 그를 바라보는 것도, 만승지가 차마 그녀를 볼 면목이 없는 것도 무리는 아니었다.

무거운 정적이 흐르는 것도 잠시, 이신이 입을 열었다.

"틀렸어, 화매. 그놈은 화매의 스승은커녕 그리 불릴 자격조차 없는 녀석이야. 아니, 절대 스승으로 모셔선 안 되지."

"그건……."

다른 문제라고 말하려는 순간, 이어지는 이신의 충격적인 말이 그녀의 입을 틀어막았다.

"유가장의 재산뿐만이 아니야. 가주님 본인은 물론이거니와, 그간 모든 유가장의 식솔들을 힘들게 한 바로 그 주화입마. 그 빌어먹을 흉재 역시 전부 다 그놈이 꾸민 짓이었으니까."

"뭐, 뭐라고요? 그게 무슨……!"

"자세한 건 직접 물어봐."

이신의 말이 떨어지기 무섭게 유세화는 만승지의 멱살을 붙잡았다.

그간 꾸준히 행해 온 만형검로 수련에 의해서 유세화의 골격은 이미 예전의 그녀와는 다른 사람이라고 봐도 무방할 정도로 뒤바뀌어 있었다.

일반 성인 장정보다 머리 하나는 더 큰 체구의 만승지를 단숨에 무리 없이 들어 올렸다는 게 그 증거였다.

그 사실을 미처 자각하지 못한 채 그녀는 분노로 흥분한 표정으로, 그러나 어찌 보면 몹시 괴로움에 가득 찬 얼굴로 말했다.

"사, 사실입니까? 진정, 진정 가가의 말이 사실입니까?"

"……."

"왜 갑자기 벙어리가 되신 겁니까? 제발, 제발 말씀 좀 해보십시오! 뭐라고 변명이라도 해보란 말입니다!!"

"나, 나는……!"

만승지는 말하려고 했다.

오해라고.

가문의 재산을 가지고 달아난 건 사실이지만, 그것만은 오해라고.

퓨퓽!

바로 그때, 한 줄기 소성과 함께 그의 몸이 굳어버리더니 입 역시 아교로 굳힌 것처럼 굳게 닫혀 버렸다.

단무린이 날린 지풍이 아혈과 마혈을 점한 것이다.

뿐만 아니라 그는 유세화에게 잠시 양해를 구한 뒤, 만승지의 품안을 뒤적거렸다.

그러자 곧 단무린의 손에 웬 녹옥패 하나가 들려져 나왔다.

그걸 넘겨받으면서 이신이 말했다.

"이 옥패가 뭔지 알아?"

유세화는 고개를 내저었다.

그녀가 만승지의 품안에서 나온 녹옥패의 정체를 알리도 없거니와, 지금 이 상황에서 그깟 녹옥패 따위가 무슨 상관이 란 말인가?

별로 대수롭지 않게 여겼지만, 이어지는 이신의 말에 그녀의 눈이 커졌다.

"이건 새외문파 중 하나인 오독문의 제자라는 증표야."

"오독문의… 제자요?"

그저 셈에 밝고 맡은 일에 충실해서 총관직을 맡았을 뿐, 별도의 무공조차 익히지 않은 것으로 알고 있던 그가 실은 새외 무림의 문파, 그것도 오독문의 제자라고?

믿을 수 없다는 표정으로 만승지를 바라보는 가운데, 그녀의 귓가로 이신의 음성이 들려왔다.

"만승지. 아니, 오독문의 파문제자 추자굉이라고 해야 맞겠지? 저 추자굉이라는 놈은 자신의 정체를 숨긴 채 유가장에 잠입했어."

그리고 이신은 천천히 이야기를 늘어놓기 시작했다.

우선 망혼초라는 독초가 존재하는데, 그것의 중독 증상이 영락없이 주화입마 현상과 흡사하다고 했다.

거기다 새외, 그것도 오독문의 영역에서만 자생하는 터라 중원의 의원들은 망혼초의 존재 자체를 모르는 경우가 태반이라고 했다.

만약 마의가 구양소소의 치료법을 찾고자 중원 전역은 물론이거니와 새외까지 돌아다닌 경험이 없었다면, 그 역시 그 사실을 알아내지 못했을 거라고.

그리고 설령 망혼초가 있다고 한들 독성이 즉시 발휘되는 게 아닌 터라 필히 오랜 시간 동안 복용해야 한다는 것과 그 게 가능하려면 적어도 유가장 내의 인물이어야 한다는 것까지도.

딱 거기까지만 들었음에도 이미 유세화의 얼굴에는 핏기가 싹 가신 지 오래였다.

'아, 아닐 거야. 그, 그럴 리가? 아버지의 주화입마가 스, 스승님 때문이라고?'

유세화는 이신의 말이 사실이 아니길 빌었다.

그러나 애써 진실을 외면하려는 속마음과 달리 그녀의 이 성은 속삭였다.

범인은 다름 아닌 만승지라고.

정체를 숨긴 채 유가장으로 숨어들어 온 오독문의 제자, 거기에 다른 어느 식솔들보다도 가주 유정검과 오랜 시간 붙어 있을 수 있는 총관이라는 직책까지.

이렇듯 모든 정황은 그가 범인이라고 가리키고 있었다.

멍하니 서 있는 유세화에게 최후의 쐐기를 꽂듯이 이신은 말을 이었다.

"거기에 놈이 죽은 금와방주로부터 일을 사주받았다는 증거 역시도 찾아냈지."

"즈, 증거라고요?"

그저 심증만 있는 게 아니었단 말인가?

이신은 고개를 끄덕이면서 품에서 책자 하나를 꺼내 들었다.

그걸 건네받은 유세화가 눈짓으로 이게 무엇이냐고 묻자, 이신은 덤덤하게 말했다.

"죽은 금와방주의 이중장부야."

"이, 이중장부!"

화들짝 놀라는 것도 잠시, 유세화는 허겁지겁 장부를 뒤적거렸다.

그리고 곧 발견했다.

수많은 인명 가운데 떡하니 박혀 있는 만승지의 이름 석 자를.

사실상 이신이 만승지를 찾을 수 있었던 것도 모두 금와방주의 이중장부 덕분이었다.

물론 원래 그가 찾으려고 했던 것은 만승지가 아니었다.

처음에는 마음속 살생부에 올려둔 오독문, 그중 유정검의 주화입마에 직접적으로 관련된 자를 찾으려고 했었다.

한데 조사하면 할수록 어쩐지 만승지가 유정검을 중독시킨 진범일지도 모른다는 판단이 들었다.

단무린 역시 이에 동의했기에 즉시 금와방주의 이중장부를 뒤져 본 결과, 과연 그 안에 만승지의 이름이 있었다.

목표가 정해졌기에 그 후의 조사는 말 그대로 일사천리였다.

거기에 만승지가 의외로 주색을 밝히던 자라는 것도 크게 한몫했다.

모름지기 주색을 밝히는 자가 기루의 출입을 하지 않을 리 없을 터.

더군다나 지난 역사가 잘 말해주듯 원래 술자리와 베갯머리에서만큼은 그 어떤 사내도 평소보다 입이 가벼워지게 마련이었다.

그렇기에 전 무림의 기루와 주루에 거미줄처럼 깔려 있는 월음종의 비선망을 통해서 소유봉은 쉬이 만승지의 정보를 찾아낼 수 있었다.

아무튼 그 모든 진실을 알게 된 유세화는 나직한 탄식과 함께 들고 있던 이중장부를 바닥에 툭 떨어뜨렸다.

그리고 두 다리에 힘이 풀려 주저앉으려는 찰나, 이신이 그녀를 조심스레 부축하면서 말했다.

"괜찮아?"

"괘, 괜찮아요. 그, 그냥 이 상황들이 너무 믿기 어려워서…… 조, 조금만 쉬면 괜찮아질 거예요."

유세화는 애써 괜찮은 척했지만, 이신은 창백한 안색만큼이나 그녀가 꽤나 심적으로 타격을 적잖이 받았음을 알 수 있었다.

그럼에도 그는 말하지 않을 수 없었다.

"그럼 이제 선택하도록 해."

"…선택? 갑자기 뭘 선택하시란 거죠?"

"말 그대로의 의미야. 이제 저놈이 사느냐 마느냐는……"

이신은 살짝 뜸을 들이면서 만승지를 한번 곁눈질로 바라봤다. 그러고는 다시 시선을 유세화에게 돌리면서 마저 말을 끝맺었다.

"화매의 손에 달렸으니까."

"……!"

유세화는 순간 숨 쉬는 것조차 잊을 만큼 깜짝 놀랐다.

'나의 선택에 달렸다고?'

누군가의 생사가 자신의 선택에 의해서 결정된다.

그러한 경우는 생전 처음이었다.

아니, 오히려 그 반대의 경우가 그녀에게는 더 익숙하다면 익숙했다.

그렇게 유세화가 좀체 결정을 내리지 못하고 머뭇거리기만

하자 이신이 말했다.

"정 선택하기 어렵다면, 내가 대신……."

"아니, 그러실 필요 없어요."

불쑥 유세화가 이신의 말을 막았다.

조금 전까지 머뭇거렸던 게 거짓말로 느껴질 만큼 지금 그
녀의 음성은 단호했다.

이윽고 그녀는 말했다.

"이건 우리 유가장의 일이니까요."

그녀의 단호한 말에 이신은 고개를 끄덕이며 뒤로 한 발자
국 물러났다.

이젠 그의 부축 없이도 제자리에 우뚝 서 있는 그녀의 뒷모
습을 보면서 이신의 입꼬리가 슬며시 올라갔다.

'이해했군.'

자신이 굳이 그녀에게 만승지의 처분을 맡긴 이유는 간단
했다.

결자해지(結者解之).

그녀의 말마따나 이건 어디까지나 유가장의 일이었다.

비록 가주의 수신호위인 영호검주의 직위를 맡은 이신이라
고 하지만, 입장상 그는 아직 외지인에 가까웠다. 스스로도 그
리 여겼다.

그러므로 이번 일은 유가장의 사람인 그녀가 결정해야 마

땅했다. 하물며 다른 사람도 아닌 자신의 아버지의 목숨을 해하려던 자가 아닌가.

그렇기에 이어지는 유세화의 음성에 그는 크게 놀라지 않았다.

"검을… 빌려주시겠어요?"

검을 빌려 달라.

이로서 그녀의 선택이 어느 쪽으로 기울었는지 알 수 있었다.

이신은 주저 없이 영호검을 검집째 그녀에게 건네었다.

그러자,

스르릉—

청명한 쇳소리와 함께 영호검 특유의 거무튀튀한 검신이 세상 밖으로 모습을 드러냈다.

원래라면 거센 검명을 토해내면서 주인이 아닌 자의 손길을 거부해야 마땅했다.

그러나 유세화의 수중에 들린 영호검은 검명은커녕 아무런 반응조차 보이지 않았다. 오히려 마치 원래부터 그녀의 것이었던 것처럼 순순히 묵광의 예기를 서늘하게 드러낼 따름이었다.

이는 얼핏 보면 신검답지 않은 모습이었지만, 결코 잘못된 일이 아니었다.

오히려 영으로 항시 연결되어 있는 주인의 속뜻을 읽고 그대로 따랐다는 게 옳았다.

유세화는 그 영특한 신검을 높이 치켜든 채로 말했다.

"만 총관, 본디 사제의 연은 부모자식 간의 연과 같다하여 천륜에 비한다고 했습니다. 한데……."

유세화의 입가에 처연한 미소가 걸렸다.

"아무래도 우리의 천륜은 여기까진가 봅니다."

'아, 안 돼! 사, 살려줘! 제발 살려줘!'

만승지의 핏발 선 눈은 필사적으로 그리 외쳐 댔지만, 그 공허한 외침이 유세화의 귀에까지 들릴 리 만무했다.

이윽고 위로 치켜들었던 영호검이 서서히 내려오기 시작했다.

동시에 유세화의 음성이 만승지의 귓가에 울렸다.

"잘 가라, 만승지. 아니, 오독문의 제자 추자굉."

그리고 그것이 그가 이승에서 들은 마지막 작별 인사였다.

서걱!

목이 잘린 만승지의 시체가 힘없이 옆으로 넘어갔다.

그사이 유세화는 죽은 그의 옷에다 검에 묻은 핏물을 깨끗이 닦아낸 뒤, 검집에다 도로 납검하여 이신에게 돌려줬다.

우우웅—

그때, 이신의 손에 돌아온 영호검이 난데없이 구슬픈 검명을 자아냈다.

제아무리 주인의 정인이라지만 그래도 다른 이에게 자신을 맡긴 것에 대한 투정처럼 보였으나, 정작 이신의 귀에는 그 울음소리가 마치 유세화의 울음소리처럼 들렸다.

그런 영호검을 달래듯 한 차례 쓰다듬는데, 문득 유세화가 다가와서 말했다.

"가가, 저 부탁이 하나 있어요."

"말해봐."

이신이 승낙하자 그녀는 실로 의외의 제안을 그에게 던졌다.

"술 한잔 사주실래요?"

객잔으로 돌아온 이신과 유세화는 말없이 술잔을 나누었다.

누가 그랬던가.

견디기 어려울 만큼 괴롭고 힘든 일이 있을 때는 술 한잔이 간절해지게 마련이라고.

유세화의 기분이 딱 그랬다.

오랫동안 스승으로 모셨던 자가 사실은 배신자였고, 그자는 심지어 아버지 유정검의 목숨마저 노렸다.

그렇기에 자신의 손으로 그를 죽였다.

그리 하면 뭔가 시원하고 속이 뻥 뚫린 듯 후련해질 줄 알았다.

하지만 아니었다.

뭣도 모르는 신출내기의 순진한 착각일 뿐이었다.

오히려 기분만 더럽고, 뭔가 가슴에 얹힌 듯 안 내려가는 답답함이 연신 그녀를 괴롭혔다.

결정적으로 죽기 직전에 자신을 바라보던 만승지의 표정이 뇌리에서 잊히지 않았다.

—살려줘! 제발 살려줘!

당시에는 몰랐지만, 지금 생각해 보니 그의 눈은 그리 필사적으로 외치고 있었다.

추잡하다. 고작 이런 놈을 지금껏 스승으로 여겼던가? 차라리 잘 죽였다… 라는 것보다 그저 그가 가엾다는 생각이 먼저 뇌리에 떠올랐다.

연민의 감정.

물론 용서와는 거리가 멀었지만, 그 때문에라도 유세화는 차마 죽은 만승지의 시체를 똑바로 쳐다볼 수 없었다.

그렇기에 그의 시체는 그녀가 아닌 단무린의 손에 의해서 처리되었다.

방법은 실로 간단했다.

그냥 자신의 그림자 안에다 시체를 던져 넣은 게 다였다.

그것만으로도 늪지에 빠지듯 천천히 사라지는 만승지의 시체를 보면서 유세화는 느꼈다.

아, 사람의 죽음이란 참으로 덧없구나.

누군가를 죽이면 하늘이 무너지듯 큰 사단이라도 벌어질 줄 알았던 과거의 자신이 순간 바보처럼 느껴질 만큼 허무했다.

그래서 새삼 무섭고 두렵게 느껴졌다.

선뜻 자신에게 만승지의 생사여탈권을 넘긴 이신이나 죽은 만승지의 시체를 아무렇지 않게 처리하는 단무린의 모습이.

마치 자신과는 다른 세계에서 사는 인간 같았다.

때문에 그녀는 문득 마시던 술잔을 내려놓으면서 이신에게 물었다.

"가가는 어떤 기분이셨어요?"

"뭐가?"

"처음으로 자신의 손에다 남의 피를 묻혔을 때, 그때 가가는 어떠셨어요? 혹……."

지금처럼 덤덤했었느냐, 라는 뒷말은 애써 목구멍으로 집어삼켰다.

차마 거기까지 물어볼 용기가 나지 않았던 것이다.

그런 그녀의 기분을 아는지 모르는지 이신은 곧바로 답하지 않고, 묵묵히 술잔을 들이켰다.

그러고는 빈 잔을 식탁 위에 내려놓으면서 입을 열었다.

"내 첫 살인은 열세 살 때였어."

"네? 여, 열세 살 때라고요?"

열세 살이라니.

그 어린 나이에 이신이 누군가를 죽였다고?

무슨 사연으로?

혼란과 당황으로 물든 유세화를 바라보면서 이신은 말을 이었다.

"예전에 힘없는 빈민가의 양민들을 상대로 염왕채를 놓는 놈들이 있었어. 물론 어느 흑도 패거리가 그렇지 않겠느냐마는, 놈들은 유독 그 도가 지나쳤지."

이신의 눈빛이 일순 잘 벼린 칼날처럼 스산해졌다.

그가 말하는 흑도 패거리란 바로 과거 그가 멸문시킨 염라방을 뜻하는 것이었다. 그때의 기억이 되살아나면서 순간 저도 모르게 살기를 머금었다.

이에 저도 모르게 움찔한 유세화였지만, 곧 언제 그랬냐는 듯 이신의 눈빛은 다시 원래대로 돌아왔다.

마치 좀 전에 그녀가 느낀 스산함이 거짓말이라 느껴질 정도로.

이신의 말이 이어졌다.

"한 소녀가 있었어. 어미를 일찍이 여의고, 편부 아래서 힘겹게 삶을 연명하던 아이였지. 하나 순진하고 아무것도 모르던 그 아이가 아비의 막대한 염왕채에 그만 사창가로 팔려가는 신세가 되고 말았어. 물론 그걸 필사적으로 막으려던 여아의 아비는 이미 처참히 목숨을 잃은 상태였지."

"아……."

이신의 이야기는 이미 지나간 과거의 일이었다. 그럼에도 유세화는 안타까운 얼굴로 탄식했다. 그 모습을 보며 이신은 내심 따뜻한 미소를 지었다. 그녀의 선량한 마음을 느낄 수 있었기에.

─세상은 얼굴이 두 개란다. 힘과 권력을 가진 자들에게는 한없이 부드럽고 인자하지만, 힘없고 가진 것 없는 자들에게 세상은 너무나도 차갑고 잔인하단다.

유세화는 언젠가 들었던 아버지의 말씀을 이제야 조금은 이해할 것 같았다.

비록 무가로서는 망해간다고 하지만, 그래도 나름 소규모 사업체 몇몇이 남아 있던 터라 금전적으로는 부족한 것 없이 자라왔다.

그렇기에 말로만 들어본 흑도의 염왕채가 실은 이리도 무서운 것인 줄은 미처 꿈에도 몰랐다.

'아버지는 그때 나에게 경고를 하셨던 거구나.'

유가장이란 바람막이가 없어졌을 때를 가정한 경고.

이신의 말이 이어졌다.

"사정이 딱한 그 소녀는 필사적으로 주변에 도움을 청했지만, 후환이 두려웠던 사람들은 차마 도움의 손길을 뻗치지 못했어. 그때 그 소녀와 작은 인연이 있었던 한 어린 거지패의 소년이 우연찮게 그 사실을 알게 되었지."

"어린 거지패의 소년이요?"

유세화는 눈을 휘둥그레 떴다.

지금껏 영락없이 이신 자신의 이야기인 줄로만 알았는데, 난데없이 어린 거지 소년의 이야기가 웬 말이란 말인가?

유세화의 의아한 시선은 아랑곳하지 않은 채 이신은 말을 이었다.

"그 소년은 그곳에서 이름 대신 소악귀란 별명으로 불릴 만큼 제법 강단 있고 독한 놈이었다고 해. 놀랍게도 그놈은 그일을 알게 되자, 그날 밤 곧장 그 흑도패거리의 소굴로 쳐들어갔지."

"설마 자기가 속한 거지패들을 그런 무서운 곳에 이끌고 간건가요?"

"아니."

유세화의 물음에 이신은 고개를 내저었다. 그러고는 덤덤하게 말했다.

"그날, 소년의 옆에는 아무도 없었어."

"……!"

저잣거리의 흑도 패거리라고 해서 아예 무공을 모르는 건 아니다.

하지만 겨우 타고난 용력에 기댄 주먹질이나 발재간 정도에서 그칠 뿐, 제대로 된 무공이라고 보기 어려웠다. 아니, 무공이라 부르기도 민망했다.

대신 그들은 부족한 실력을 자신들의 숫자와 흑도 특유의 독기로 메꾸었다.

그런 자들을 한낱 소년이, 그것도 혼자서 상대했다?

"그걸 저더러 믿으란 말씀이세요?"

유세화가 도저히 믿을 수 없다는 표정으로 이신을 바라봤지만, 그는 표정 하나 바뀌지 않은 채 말했다.

"가능한 일이야. 그 소악귀란 놈은 또래 아이들보다 조금 특별했거든."

이신은 어릴 때부터 자신의 양부에게 꽤나 혹독하게 단련을 받는 것은 물론이거니와 그 어떤 상황에서 정신을 똑바로 차릴 수 있는 심법도 일신에 익혔다.

청허심법.

유가의 심법이자 배화구륜공으로 인해 급증한 마기의 영향으로부터 이신의 정신을 지켜주는 안전장치였다.

그리고 불온한 흑도 패거리, 염라방과 싸울 때 그의 목숨을 지켜준 일등공신이기도 했다.

"결국 그놈은 수많은 부하들에게 둘러싸여 있던 그 흑도 패거리의 수장 놈을 단칼에 베어 죽였어. 그리고 사전에 다른 흑도 패거리와의 밀약으로 그곳, 염라방 역시 이 세상에서 완전히 지워 버렸지. 물론 소녀의 염왕채 역시도 함께 말이지."

"염라방? 자, 잠깐만요! 그곳은 분명 제가 어릴 때 무한에 있었던……. 서, 설마 그 소악귀란 소년이!"

이제 유세화도 알 수 있었다.

거지 소년, 소악귀가 바로 이신이라는 것을.

'그래, 그러고 보니 언젠가부터 가가와 오랫동안 만나지 못한 적이 있었어.'

그 시기에 이신이 어디서 뭘 했는지는 지금껏 모르고 있었다.

그저 같은 무한 땅에 살고 있다는 것만 알았을 뿐, 설마 이신이 그녀와 전혀 다른 세상에서 그토록 치열하게 살아왔을 줄은 미처 생각지도 못했다.

"그럼 첫 살인이란 것이……."

"그래. 남과 다투거나 해서 팔다리 분지른 적은 몇 번 있었지만, 맹세코 살인은 그때가 처음이었어."

"그럴 수가……."

그녀는 일순 망연자실한 표정을 지었다.

그 어린 나이에, 그것도 자신이 아닌 한 소녀를 위해서 목숨을 걸고 나섰다?

이걸 어찌 받아들이란 말인가?

혼란에 빠진 그녀에게 이신이 덤덤하게 말했다.

"아까 첫 살인이 어땠냐고 물었지? 괴로웠어. 무서웠지. 몇년이 지나도록 그 혹도 놈들이 죽기 직전에 나를 향해서 퍼부었던 저주와 원독에 찬 시선이 잊히질 않았으니까."

이신의 말은 사실이었다.

실제로 그는 그날 이후로 줄곧 악몽에 시달려서 식은땀에 젖은 채로 깬 적이 한두 번이 아니었다.

제아무리 의지가 강한들, 당시의 그는 겨우 열세 살 어린 아이에 불과했으니까.

"그렇지만 한 가지는 분명해. 그 후로 지금까지 그날의 선택을 후회한 적은 단 한 번도 없었어. 누군가는 해야 할 일을 한 거니까."

"후우, 좋아요. 그건 그렇다고 쳐요. 한데 왜 군이 가가가 그러서야만 했던 거죠? 그 소녀가 그리도 가가한테 특별한 존재었나요?"

내내 궁금하던 것이 그거였다.

혹 이신에게 그 소녀가 특별한 존재가 아니었을까?

그렇기에 위험을 무릅쓰고 염라방과 싸운 게 아닌가 하고 말이다.

하나 이신은 고개를 내저었다.

"아니. 예나 지금이나 나에게 특별한 사람은 어디까지나 화매 한 명뿐이니까. 그저……."

"그저?"

"그 아이를 보면서 순간 나도 모르게 화매를 떠올리고 말았어."

"네?"

순간 유세화의 표정이 멍해졌다.

자신을 떠올렸다?

그 이름도 모르는 소녀에게서?

이신은 처음으로 살짝 쑥스러운 표정을 지으면서 말했다.

"외모는 전혀 달랐지만, 공교롭게도 그 소녀와 화매가 비슷한 나이였지. 만약 화매가 그런 일을 당했다고 생각하니까 저절로 울화통이 치밀더군."

그렇기에 차마 그 소녀를 못 본 체할 수가 없었다.

그것이 이신이 소녀를 도와준 계기이자 배경의 전말이었다.

'비록 소호는 다르게 받아들인 것 같지만…….'

그땐 유세화와 자신은 다른 세계의 사람이라는 의식이 있었기에 일부러 유가장에 대한 이야기 없이 대충 얼버무리고 넘어갔다.

그 바람에 장대호는 그 일을 계기로 이신이 자기 사람은 끔찍이 챙기는 유형의 인물이라고 착각하게 되었다. 물론 그의 생각이 완전히 다 틀린 것도 아니긴 했지만 말이다.

"여하간 그렇기에 나의 선택을 후회하지 않아. 어떤 의미에선 화매를 절체절명의 위기에서 구한 것 같은 기분도 들었으니까. 솔직히 말하자면 지금은 그런 악인 하나가 얼마나 많은 사람들을 해칠지 잘 알고 있지만… 그땐 정말로 더도 덜도 말고 딱 그 이유 하나뿐이었어. 그래서 그 일을 후회하진 않지만, 사실은 좀 부끄럽게 생각해. 이렇게 술의 힘에 의지하지 않았다면 아마 평생 말하지 못했을 거야. 그러니 비밀 꼭 지켜줘야 해. 알았지?"

그 말을 들은 유세화의 얼굴이 화악 붉어졌다.

자신을 생각하는 이신의 마음에 감동했기 때문이 아니었다.

맨 처음 살인에 무덤덤한 이신과 단무린 등이 자신과 완전 다른 세계의 사람 같아서 두렵다고 여긴 스스로가 너무 한심하게 여겨졌기 때문이다.

유세화는 애써 부끄러움을 감추려는 듯 술병을 기울여서 빈 잔을 채웠다.

이신도 같이 잔을 채웠고, 몇 번 잔을 채우고 나자 술병은 금세 동이 나고 말았다.

텅 빈 술병을 옆으로 치우려던 이신의 눈꼬리가 살짝 꿈틀거렸다.

'이거 상당히 독한데?'

평소 두주불사라고 자처하던 그였다.

그런 그가 살짝 취기를 느낄 정도라면 지금 그들이 마신 술의 도수는 상당히 높다고 봐야 했다.

아니, 높은 걸 넘어서 일반인에게는 가히 살인적으로 느껴질 것이다.

조금 전만 하더라도 멀쩡하던 유세화의 몸이 이따금 옆으로 휘청거리는 게 그 증거였다.

이신은 저도 모르게 쓴웃음을 머금었다.

'무린의 짓이군.'

보아하니 단무린이 몰래 객잔의 점소이에게 시켜서 이 술을 준비한 것 같았다.

아마 딴에는 유세화에 대한 배려일 것이다.

모름지기 첫 살인에 대한 기억은 무슨 말로 포장해도 더러운 법이었고, 가급적 독한 술로 그 기억을 잠시나마 잊는 게 나을 때도 있었으니까.

'슬슬 자리를 파해야겠군.'

유세화의 눈꺼풀이 조금씩 내려앉는 걸 본 이신은 즉시 그
녀를 일으켜 세웠다.

그녀는 숫제 이신에게 안긴 것처럼 부축된 채 그대로 이 층
객방으로 옮겨졌다.

그리고 이신이 막 침상 위에다 그녀를 조심스레 눕히려는
순간이었다.

화악—

돌연 유세화가 양팔을 벌려서 그대로 그의 머리를 껴안았
다.

순간적으로 얼굴을 덮치는 젖가슴의 따뜻하고 부드러운 감
촉 앞에 이신은 일순 정신이 다 혼미해질 지경이었다.

동시에 달콤한 체향과 독한 주향이 어우러진 묘한 향기가
그의 코끝을 간질이는 가운데, 유세화의 나지막한 음성이 귓
가로 들려왔다.

"딱 하나, 더 부탁해도 될까요?"

이신이 가만히 그녀를 내려다보며 대답했다.

"뭐든지."

유세화가 물기를 머금은 듯 촉촉하게 젖은 눈동자로 그를
올려다보며 말했다.

"오늘밤… 제 곁에 있어 줘요."

대답은 없었다.

하지만 그녀는 알 수 있었다. 그 또한 자신과 같은 마음이라는 것을.

이윽고 뜨거운 숨결이 입술에 닿자 그녀의 눈이 스르륵 감겼다.

第九章
성화태동(聖火胎動)

　배화구륜공의 구결을 처음으로 전수받았던 날.

　구결을 외우고 있는 나에게 스승님이 물으셨다.

　그러나 나는 쉬이 대답할 수 없었다.

　언제나 막힘없던 세자의 입이 자물쇠라도 달아 놓은 듯 아무 말도 없자 의아해지신 걸까?

　스승님이 다시 물으셨다.

　"무얼 그리 두려워하느냐?"

　"어찌 그런 하문을 하십니까? 제자가 불민하여 스승님의 의중을 여쭙고자 합니다."

"허허! 그저 두려운 게 뭐냐고 묻는 게 뭐 그리 대단한 질문이라고. 너무 깊이 생각하는 것도 좋지 않느니."

"네, 명심하겠습니다."

"말해 보거라. 너는 무엇을 두려워하느냐?"

무엇이 두려운가.

사실 그 질문을 듣자마자 떠오른 것이 하나 있긴 했지만, 과연 그것을 곧이곧대로 말씀드려도 될지 고민되었다.

나는 대답을 망설이는 제자를 지긋한 마음으로 기다리는 스승님의 시선을 느끼며 천천히 입을 열었다.

"…실은 꼭 지키고 싶은 약속이 있습니다. 그 약속을 지키지 못하게 될까, 그것이 가장 두렵습니다."

"약속이라……."

스승님께선 약속이라는 말을 오래도록 곱씹으셨다. 어떤 약속이었느냐는 말씀은 하지 않으셨다. 아마도 내가 대답을 안 했으리란 것을 짐작하셨던 것 같았다.

이윽고 스승님의 입가가 부드럽게 호선을 그리며 따뜻한 말소리가 흘러나왔다.

"사내라면 의당 신의를 지키지 못하는 것을 두려워할 줄 알아야 한다. 무릇 사내란 그래야 하는 법이지. 게다가 이 종리찬의 제자라면 더욱이."

"스승… 님?"

너무 의외의 말씀인지라 놀란 표정을 짓자 스승님이 피식 웃으며 말씀하셨다.

"무인이 어찌 그런 나약한 소리를 하느냐고, 혹은 마인 주제에 무슨 놈의 약속 타령이냐 혼이라도 낼 줄 알았다는 표정이구나."

스승님이 다른 마교의 마인들과는 좀 다르다는 것은 이미 알고 있었지만, 이 순간만큼 스승님이 새삼스럽다고 생각한 적은 단연코 처음이었다.

"신아. 세상 그 누구보다 떳떳한 무인이 되어라. 그리고 증명해라. 네가 두려워하고, 또 지키고자 하는 그 신의라는 것의 가치가 결코 가볍지 않다는 것을. 또한……."

말없이 경청하는 나를 보면서 스승님은 더없이 자애로운 미소로 덧붙이셨다.

"우리의 소중한 아이를 지켜다오."

*　　　　*　　　　*

"스승님!"

이신이 벌떡 일어났다.

그 어떤 격한 수련을 해도 땀은커녕 숨조차 가빠지지 않았던 그가 가쁘게 심호흡을 하면서 이마에 밴 식은땀을 닦아냈다.

'뭐지, 이 꿈은?'

처음엔 과거의 회상인 줄 알았다.

한데 아니었다.

실제 배화구륜공을 전수해 주던 그날, 종리찬이 이신에게 했던 말은 구결을 가르치면서 했던 '외워라' 그리고 구결을 다 외우고 나서 한 '익혀라', 딱 이 두 마디가 전부였다.

그 외에는 일절 대화라는 것을 그와 나눈 기억 자체가 없었다.

언제나 맹목적으로 배화구륜공의 완성에만 집착하고, 심지어 어떻게든 그걸 실현코자 정파 출신의 이신을 한 치의 망설임 없이 자신의 제자로 들일 만큼 수단과 방법을 가리지 않았던 자.

그게 바로 전대 염마종주 종리찬이었다.

그렇기에 확신할 수 있었다.

방금 전의 꿈은 어디까지나 이신의 기억 속에 존재하는 종리찬의 형상을 빌린, 어떠한 초월적 존재의 계시라는 것을.

이 세상에 그러한 일이 가능한 것은 이신이 아는 한, 오직 단 하나뿐이었다.

'성화인가?'

일전 유세화가 꾼 백일몽도 그렇거니와, 얼마 전 환혼빙인에게서 이신이 성화의 조각을 흡수할 때에도 성화의 의지라고 추정되는 정체불명의 음성을 들은 바가 있었다.

분명 이번에도 그런 거라고 단정 지었지만, 한편으로는 잘 이해가 되질 않았다.

'왜 갑자기 나의 꿈에 나타나서 그런 소리를 한 걸까?'

평소에도 그런 꿈을 한 번도 꾸지 않았기에 더욱 의문이었다.

도대체 평소와 다른 게 뭐라고?

순간 자문자답하던 이신의 시선이 저도 모르게 옆자리로 향했다.

그러자 순백의 나신을 반쯤 드러낸 채 곤히 잠든 유세화의 모습이 눈에 들어왔다.

'설마?'

그녀 때문에?

순간적으로 든 생각이었지만, 이신은 이내 고개를 내저었다.

스스로 생각해도 너무 과민한 반응이라 여긴 것이다.

한데 그의 마음 한쪽에선 어쩌면 그럴지도 모른다는 생각이 좀체 지워지질 않았다. 아니, 오히려 시간이 지날수록 확신으로 변해갔다.

'화매는 배교의 신녀다.'

지금까지는 그저 혈통만 그리 타고난 줄 알았다.

하지만 뇌정마도와 같은 전대의 노고수까지 동원해서 그녀를 납치하는 것을 보고, 어쩌면 혈통 그 이상의 뭔가가 있을지도 모른다는 생각이 들었다.

—지켜다오.

그렇기에 성화도 굳이 스승 종리찬의 모습을 빌리면서까지 그에게 그리 말한 게 아닐까?

이제 그녀는 명실상부 그의 여자가 되었으니까.

부디 무슨 일이 있어도 끝까지 정인이자 신녀인 그녀를 지키라는 당부의 뜻으로 말이다.

'뭔가 다른 뜻도 있는 것 같지만, 당장은 모르겠으니 그건 넘어가고.'

어쨌든 섣부른 판단은 금물이었다.

이신은 상념을 멈추고, 자리에서 완전히 일어났다.

물론 그 와중에 유세화의 몸을 이불로 조심스레 가리는 것도 잊지 않았다.

그녀를 내려다보는 이신의 얼굴에는 보기 드물게 따스한 감정이 머물렀다.

간밤에 두 사람은 기어코 선을 넘고 말았다. 언젠가는 넘었어야 했을 바로 그 선 말이다.

'둘 다 참 서툴렀지.'

마음과 의욕만 앞설 뿐, 정작 남녀 간의 관계에 대해서는 서툴디서툰 두 사람이었다. 처음 입맞춤 이후로는 그야말로 난관의 연속이었다.

그래도 꼴에 남자라고 이신이 그녀를 적극적으로 이끌었고, 수많은 시도 끝에 마침내 두 사람은 첫 번째 결실을 맺었다.

그리고 한 번 지펴진 불씨는 쉬이 꺼지지 않게 마련.

그 후로 두 사람은 미친 듯이 서로를 탐닉하고, 또 탐닉했다.

거기다 관계를 계속하면 할수록 이신의 뇌리에는 소유붕이 평소 자랑처럼 떠들어대던 남녀 간의 관계에 대한 음담패설이나 그 나름의 지론 같은 것이 드문드문 떠올랐다.

당시에는 마냥 헛소리로 치부하고 넘겼는데, 의외로 실전에서 큰 도움이 되었다.

처음엔 파과(破瓜)의 고통에 연신 괴로워하며 딱딱하게 굳어 있던 유세화의 몸이 점차 부드럽게 풀리는가 싶더니 이윽고 깊고 과감하게 이신의 분신을 받아들이기 시작한 게 그 중거였다.

이신은 새삼 소유붕을 달리 보게 됐다.

'굼벵이도 구르는 재주가 있다더니.'

나중에 그에게 따로 감사의 표시를 해야겠다고 생각하면서 이신은 대충 옷을 챙겨 입고 바깥으로 나왔다.

새벽 특유의 서늘한 공기가 그를 반겼고, 이신은 한차례 심호흡을 한 뒤 입을 열었다.

"오랜만에 대련이나 해볼까?"

그러자 불쑥 그림자 안에서 솟아오른 단무린이 말했다.

"그렇게 저를 죽이고 싶으시거든 차라리 깨끗하게 자결을 명하시지요."

한 치의 망설임 없는 그의 대답에 이신의 입꼬리가 올라갔다.

"그걸 잘 아는 놈이 겁도 없이 그런 짓을 벌여?"

"글쎄요. 무슨 말씀을 하시는 건지 소제는 잘 모르겠습니다만?"

단무린은 일부러 모른 척 딴청을 부리면서 슬쩍 고개를 옆으로 돌렸다. 그리고는 절대로 이신과 눈을 마주치려고 하지 않았다.

그것만 봐도 확신할 수 있었다.

어젯밤의 술자리에 슬쩍 다른 술 사이에 끼어 넣어져 있던 예의 독주는 역시나 그의 짓이었다는 것을.

이신은 내심 쓴웃음을 지으면서 말했다.

"무린 네가 누구보다 우리 두 사람의 관계가 조금이라도 더 진전되길 바란다는 건 내 잘 알고 있다. 하나 엄연히 일에는 순서가 있게 마련이다. 다음부터는 자중하도록 해라. 알겠느냐?"

"…명심하겠습니다."

단무린도 어젯밤 자신의 행동이 다소 과했다고 여긴 듯 이신의 말에 군말 없이 고개를 끄덕였다.

그걸로 어젯밤 일에 대한 시시비비는 모두 끝났다.

이신은 단무린에게 그만 물러가라고 한 뒤, 매일 일과처럼 행하는 아침 수련을 시작하려고 했다.

한데 어찌 된 일인지 진작 물러가야 할 단무린이 아직까지도 계속 그 자리에 서 있었다. 마치 아직 할 말이 더 남아 있다는 것처럼.

이에 이신은 의아한 표정으로 그를 바라봤다.

"무슨 일이냐?"

"사실 어제 검후로부터 급히 연락을 받았습니다."

"일조장에게서?"

그녀에게도 소유붕과 마찬가지로 모종의 임무를 내린 상태였다.

그런 그녀가 연락을 해왔다? 그것도 급히?

"뭐라고 하더냐?"

"장부에 적혀 있던 자들의 최근 행적이 대부분 묘연하거나, 아니면 사고사나 돌연사 등으로 이미 숨을 거뒀다고 합니다."

"뭣?"

단무린이 말한 장부란 다름 아닌 금와방주의 이중장부였다.

그 명단에 있는 자들은 어떤 식으로든 직간접적으로 흑월과 연관되어 있을 터.

때문에 이신은 신수연에게 장부의 사본을 건네주고 따로 조사를 명했다.

한데 공교롭게도 장부 명단에 있는 자들의 행적이 묘연하거나 아님 죽었다니.

"꼬리 자르기인가."

문득 내뱉은 이신의 말에 단무린이 고개를 끄덕였다.

"십중팔구 그럴 겁니다. 제가 그들의 입장이라도 그들을 지금껏 가만히 놔둔다는 게 더 이상한 일이긴 하니까요."

금와방주가 흑월과 연관되어 있다는 게 이미 만천하에 드러난 상황이었다.

금와방주의 이중장부에 대해서 잘 모른다고 하더라도 즉시 그와 관련된 자들을 전부 제거하거나 철수시키는 게 올바른 대응이었다.

혹시나 하고 물었다.

"살아남은 자는?"

"딱 한 명 있다고 합니다."

"그게 누구지?"

이신은 서둘러 물었다. 그러자 단무린은 담담하게 말했다.

"구양세가의 태상가주입니다."

"태상가주라면……."

구양소소의 외할아버지, 라고 이신은 알고 있지만, 세상 사람들은 그를 이리 부른다.

―환혼시마(還魂屍魔).

희대의 마물인 환혼빙인을 처음으로 세상 밖에 드러낸 강시술사가 바로 그였다.

천사련의 환혼당도 원래 그가 맡고 있다가 조카인 구양중에게 인수인계한 것이었다.

지금은 일선에서 물러나서 이따금 환혼당의 자문역 정도나 하고 있다고 하지만, 어디까지나 대외적인 입장에 불과할 뿐이었다.

수많은 강호의 지자들은 구양세가의 실질적인 주인은 그라고 입을 모아 말하고 있었다.

그런 구양세가의 주인과 금와방주가 관련되어 있다?

"이상하군."

이신이 불쑥 내뱉은 한마디에 단무린은 맞장구를 쳤다.

"확실히 이상하지요."

비단 금와방주와 그 사이의 관계뿐만이 아니었다.

금와방주와 연관된 자들은 누구를 막론하고 모조리 다 제거되었는데, 어찌 그만은 멀쩡히 살아남았다는 말인가?

그를 건드린다는 것은 곧 구양세가를 건드리는 것과 같기에?

그래서 안 건드렸다?

아니다.

그랬다면 금와방주 역시 건드려선 안 되었다. 그의 뒤에도 엄연히 무당파가 있지 않은가.

더욱이 흑월에서 천사련 측이 모르는 환혼빙인을 동원하였고, 거기에 구양중이 흑월의 하수인이라는 것까지 이미 다 밝혀진 마당이었다.

그렇기에 드러난 정황만으로도 어렵잖게 유추할 수 있었다.

어쩌면 구양세가의 태상가주는 운 좋게 흑월의 살수로부터 살아남은 게 아니라, 처음부터 한편이 아니었는가 하고 말이다.

"현재 그의 위치는?"

"구양세가에는 없습니다. 얼마 전에 갑자기 개인적인 볼일이 있다면서 길을 나섰다고 하는데……."

단무린은 살짝 말끝을 흐린 뒤, 말했다.

"아무래도 형님의 제자 분과 관련된 일인 듯합니다."

자신의 제자, 구양소소와 관련된 일이라.

그 말이 무슨 뜻인지 이신은 어렵지 않게 짐작할 수 있었다.

"마의에 대한 소문이 그의 귀에 들어갔군."

이신의 말에 단무린이 고개를 끄덕였다.

이미 흑월에서는 유가장이 이번 대별행에 대대적으로 지원을 아끼지 않았다는 정보를 입수했을 것이고, 그 와중에 마의의 존재에 대해서 알게 되었을 것이다.

정말로 환혼시마가 흑월의 일원이라면 그 정보를 듣고 가만히 있는 게 더 이상한 일이었다.

오랫동안 마의가 은거한 이유.

그건 바로 구양소소의 존재를 구양세가로부터 철저히 숨기기 위해서가 아니던가.

그랬던 것이 이번 유가장의 설레발로 인해서 다 물거품이되고 말았다.

물론 그들의 행동이 어디까지나 선의에서 비롯된 것일 뿐고의가 아님은 잘 알고 있지만, 그래도 정말이지 어처구니없는 일이 아닐 수 없었다.

하지만 이신은 오히려 그것을 역이용했다.

그 사실은 이어지는 단무린의 말에서 증명되었다.

"생각보다 빨리 이쪽의 미끼를 문 것 같습니다."

이신이 고개를 끄덕였다.

"쉽게 외면하기는 어렵지. 무려 현음구절맥이니까."

전 무림에서 환혼빙인을 만들 수 있는 자는 오로지 구양세가의 인물뿐이다.

그리고 가장 유력한 용의자는 최초로 지목된 것이 바로 환혼시마였다.

하지만 어디까지나 심증일 뿐, 어떤 물증도 없었다.

막말로 구양세가 전체가 아니라 구양중 혼자만 흑월에 포섭된 것일지도 모르는 일이 아닌가.

그렇기에 일부러 덫을 놨다.

중간에 단무린을 통해서 정보를 조작할 수 있음에도 가만히 내버려 뒀다.

저쪽에서 먼저 이쪽을 찾아오게끔 절대 거부할 수 없는 먹음직스러운 미끼를 던진 것이다.

그리고 그 계책은 보기 좋게 맞아떨어졌다.

이쪽에서 정보를 흘리자마자 환혼시마가 곧바로 움직였다는 것, 그것이야말로 그가 흑월의 일원이라는 증거가 아니고 뭐겠는가?

거기다 예의 이중장부 목록에서 살아남은 유일한 자라는 것 역시 피할 수 없는 증거였다.

"아마 그자는 물론이거니와 흑월 역시 우리가 마냥 무방비 상태로 있을 거라고 생각하겠지."

감히 짐작도 할 수 없을 것이다.

그간 이신 쪽에선 다소 수동적으로 대응해 왔을 뿐, 먼저 공세를 취하거나 한 적은 단 한 번도 없었으니까.

다름 아닌 유세화를 보호해야 하는 입장이라는 게 그 이유였다.

유세화를 보호하기 위해서라도 먼저 이신 쪽에서 공격에 나설 수 없다.

그들은 은연중에 그리 판단했으리라.

"우스운 일이지. 이쪽이 보호할 대상이 있느냐 없냐와 공세를 취하는 것은 전혀 별개의 문제인데 말이야."

예전의 이신과 지금의 이신은 다르다.

혼자인 줄로만 알았던 그의 곁에는 이제 든든한 동료들이 있었으니까.

그렇기에 이번 일도 꾸밀 수 있었다.

"자고로 사냥은 먹음직스러운 미끼로 상대를 유인하는 데서 출발하는 법."

혹은 자신이 사냥하는 입장이라고 착각케 해서 상대를 방심하도록 만드는 것 역시 사냥의 묘미 중 하나였다.

이신이 씩 웃으면서 말했다.

"궁금하군. 과연 최후의 순간에 숨통이 끊기는 게 어느 쪽일지."

그것은 먹음직스러운 사냥감을 코앞에 둔 사냥꾼, 혹은 포식자의 미소였다.

우우우우우웅―!

그와 동시에 영호검이 나지막한 검명음을 흘렸다.

마치 사냥의 시작을 알리는 것처럼.

*   *   *

해가 중천에 뜬 시각.

우윳빛 피부의 얼굴을 간질이는 따스한 햇살과 코끝을 자극하는 향긋한 약 향에 유세화는 천천히 잠에서 깨어났다.

'으음, 여긴……'

희미한 기억을 더듬으면서 누워있던 몸을 일으키려는 찰나, 이불이 스르륵 아래로 내려갔다.

그러자 반쯤 적나라하게 드러나는 자신의 나신 앞에 순간 유세화는 당황했다.

"어, 어? 왜 옷이… 으윽?!"

그 순간, 깨질 듯한 두통이 해일처럼 그녀를 덮쳤다.

"아윽! 아야야야……. 으윽, 속 쓰려……."

숙취와 함께 몰려오는 메스꺼움.

유세화는 대충 이불로 몸을 가린 채 탁자 위에 놓인 찻물을 허겁지겁 마셔댔다.

그러자 쓰린 속이 조금이나마 달래졌고, 그제야 그녀는 생각할 여유가 생겼다.

왜 이런 일들이 자신에게 닥친 걸까?

스스로에게 고민을 던졌고, 이내 유세화는 해답을 찾아냈다.

'아, 그러고 보니 어제 가가와 함께 술을 마셨… 아아아아!'

그래.

이신과 술을 마시면서 나름 속에 담아두고 있던 깊은 이야기도 나누었다.

거기까지 괜찮았다.

한데 문제는 그 다음에 있었던 일들이었다.

—오늘 밤… 제 곁에 있어 줘요.

두 손으로 이신을 덥석 껴안은 채로 했던 그 말.

다시금 떠올리자 유세화의 얼굴이 터질 것처럼 붉게 달아올랐다.

'어, 어쩌자고 그런 말을!'

곁에 있어달라니.

제아무리 술김이라고는 하지만, 평소의 그녀라면 결코 할 수 없는 대담한 말이었다.

게다가…….

'입맞춤을 하는 것도 모자라서… 아아아……!'

순간 유세화의 얼굴이 시뻘겋게 달아오르는 것을 넘어서 아예 새파랗게 질려 버리고 말았다.

그럴 만도 했다.

결국 이신과 그녀는 아직 넘어서는 안 되는 선까지 넘고 말았으니까.

순간 어젯밤의 일들이 모두 꿈이 아닌가 싶었지만, 그녀의 온몸에는 간밤에 있었던 일들의 흔적이 적나라하게 남겨져 있었다.

특히 송곳으로 쿡쿡 찌르듯 아픈 하복부는 절로 파과의 순간을 떠올리게 했다.

유세화의 얼굴이 살짝 붉어졌다.

"하아, 정말로 저지르고 말았구나."

한숨과 함께 그녀는 어젯밤의 일들을 다시금 되새겼다.

사랑하는 연인과의 첫 경험.

으레 상상하는 것은 꿈결처럼 달콤하고 더없는 쾌락으로 가득할 거라고 여기게 마련이다.

하지만 현실은 그렇지 않았다.

애초에 그럴 수가 없었다. 피차 이성 간의 잠자리가 처음이었던 것이다.

긴장감에 온몸은 경직되었고 처음 느껴보는 고통에 아파하며, 힘들어 했다.

이신의 손길이 그녀의 봉긋한 가슴과 가는 허리, 뽀얀 살결에 닿을 때마다 파르르 온몸을 떨어댔다.

그런 유세화의 두려움을 눈치챈 이신이 중간에 멈추기도 했지만, 그녀가 끝까지 가기를 고집했다.

결국 최후의 선마저 넘었고, 고통은 이내 환희로 바뀌었다.

본능적으로 움직이던 두 사람의 움직임도 보다 적극적으로 바뀌었다.

하지만 다른 무엇보다도 바로 피부로 느껴지는 서로의 체온과 숨소리, 그리고 뭣보다 최대한 자신이 고통스러워하지 않도록 배려하는 이신의 태도를 통해서 그의 사랑을 온전히 느낄 수 있었다.

마음이 아닌 몸으로 직접 연결되어 있기에 비로소 느낄 수 있는 서로간의 감정.

그렇기에 간밤의 일은 그녀에게 있어서 오히려 기대 이상이었다.

그 순간의 행복을 회상하는 것도 잠시, 곧 유세화는 현실로 돌아왔다.

'한데 가가는 어디 가셨지?'

이신이 방 안에 없었음을 깨달은 유세화가 내심 실망하면서 주변을 두리번거렸다.

그러다 문득 방금 전에 허겁지겁 마신 차병 옆에 웬 사기 그릇 하나가 놓여 있는 것이 뒤늦게 눈에 들어왔다.

그 안에는 진하게 우려진 탕약이 담겨져 있었다.

처음 깨어날 때 그녀의 코끝을 자극하던 그 향긋한 약 향의 정체가 바로 이 탕약이었음을 금세 알 수 있었다.

그리고 사기 그릇 옆에는 웬 쪽지 한 장이 버젓이 남겨져 있었다.

─숙취 회복 및 기력을 보충하는 데도 도움이 되는 약이야. 다 마시고 나서 잊지 말고 반드시 만형검로를 펼치길.

검술과 마찬가지로 서도 역시 그 사람의 성향을 닮게 마련이라고 했던가?

얼핏 보면 평범한 듯하면서 붓끝이 묘하게 힘 있고 날카로운 게 딱 봐도 이신의 필체였다.

물론 쪽지의 내용만 봐도 대번에 쪽지를 남긴 게 그라는 것
을 알 수 있었지만 말이다.

하지만 중요한 건 그게 아니었다.

이신이 매일 아침과 저녁마다 꾸준히 수련을 한다는 걸 누
구보다 잘 아는 유세화였다.

한데 그런 그가 그 귀중한 아침 수련 시간을 쪼개가면서까
지 그녀를 위해 숙취는 물론이거니와 기력까지 보충케 하는
탕약을 직접 달여서 준비하다니.

그 정성과 마음 씀씀이에 유세화는 언제 실망했냐는 듯 환
히 웃었다.

바로 그때, 발랄하면서도 살짝 장난기가 느껴지는 음성이
등 뒤에서 들려왔다.

"언니, 뭐하세요?"

순간 유세화는 화들짝 놀라면서 뒤를 돌아봤다.

그러자 구양소소가 고개를 갸우뚱거리면서 그녀를 바라봤
다.

"뭘 그리 놀라세요."

"아, 아무것도 아니야. 한데 소소, 네가 여긴 왜……?"

"그야 점심이 훨씬 지났는데도 언니가 계속 안 내려오니까
요. 오죽하면 사부님이 걱정돼서 저더러 올라가 보라고 했겠
어요?"

"그, 그래?"

창밖으로 바라보니 확실히 구양소소의 말마따나 해가 중천에 떠 있었다.

그리고 이신이 그녀를 대신 올려 보낸 이유도 내심 알 듯했다.

행여 본의 아니게 자신의 알몸을 보게 될까 저어되는 마음에 같은 여자인 구양소소를 대신 올려 보낸 것이리라.

'그냥 가가께서 오셔도 크게 상관없… 어머, 내가 지금 무슨 망측한 생각을!'

순간 유세화의 얼굴이 붉어졌다.

설령 무의식이라고는 하지만, 이신 앞에서 자신의 알몸을 보여도 상관없다고 여기다니.

아무리 서로 살을 섞은 사이라지만, 엄연히 남녀 간에 지켜야 할 기본적인 예의와 법도가 있거늘. 어찌 이를 함부로 망각한단 말인가?

스스로의 경솔함을 탓하면서 유세화는 잠시 구양소소에게 뒤돌아 서 있으라고 했다.

비록 같은 여자이긴 하지만, 그래도 남 앞에서 옷을 갈아입는 모습을 보인다는 게 꽤나 쑥스러웠기 때문이다.

침상 한쪽에 정갈하게 놓여 있는—누가 봐도 이신이 정리한 것으로 여겨져서 그녀는 또 한 번 얼굴을 붉혔다—옷을 다 걸치고 난 다음에야 유세화는 겨우 침착해질 수 있었다.

"가가게 곧 내려간다고 전해줄래?"

"네!"

유세화의 말에 구양소소는 고개를 끄덕이며 씩씩하게 외쳤다.

그리고는 후다닥 아래층으로 뛰듯이 내려갔다.

그사이, 유세화는 이신이 준비해 둔 탕약을 말끔히 비운 뒤 한쪽에 세워져 있는 목검을 집어 들었다.

손아귀에 꽉 차는 목검 특유의 까슬한 감촉을 천천히 즐기면서 유세화는 저도 모르게 희미한 미소를 머금었다.

'오늘은 왠지 평소보다 수련이 잘될 것 같은 기분이야.'

이유는 모르겠지만, 유독 오늘따라 그런 예감이 강하게 들었다.

그리고 그 예감은 아래층의 이신과 잠시 이야기를 나누고 나서 뒷마당에서 평소와 마찬가지로 만형검로를 펼치는 순간, 현실이 되었다.

쉐에엑—!

'아아!'

목검이 바람을 가르는 소리가 평소보다 경쾌했다.

거기다 만형검로의 초식 역시도 여느 때보다 깔끔하게 펼쳐졌다.

그것이 전조였다.

유세화는 거의 무아지경에 가깝게 만형검로의 초식들을 순서대로 펼치기 시작했다.

그 광경을 뒤늦게 나와서 지켜보던 이신의 눈이 순간 휘둥그레졌다.

"이럴 수가?"

그가 유세화에게 만형검로를 펼치라고 한 것은 어디까지나 만형검로의 효용으로 몸 안의 탁기 등을 제거하라는 뜻에 불과했다.

한데 지금 눈앞에서 펼쳐지는 유세화의 검무는 그의 상상을 초월했다.

'대체 화매에게 무슨 일이 벌어진 거지?'

그리고 그 놀라움은 곧이어 유세화의 목검 끝에서 희미한 광채가 떠오르는 순간, 극에 달했다.

'저, 저건!'

다른 사람은 몰라도, 그만은 알 수 있었다.

유세화의 목검에 어린 저 백색의 광채, 그것이 다름 아닌 성화의 기운이라는 것을.

'왜 성화가 화매에게?'

지금까지 유세화에게서 성화의 조각은커녕 그 티끌만 한

흔적조차 찾아볼 수 없었다.

한데 왜 지금 이 시점에서 성화의 기운이 그녀의 목검에 어린단 말인가?

혹시 혼자만의 착각이 아닌가 싶었지만, 그럴 가능성은 거의 전무했다.

다른 건 몰라도, 성화의 기운을 다른 것과 착각할 수는 없었다.

우우웅―

뭣보다 지금 이신의 배화륜이 나지막한 공명음을 자아내면서 기운과 반응한다는 게 결정적인 증거였다.

실로 이해할 수 없는 현상 앞에 당황하는 것도 잠시, 이신은 애써 배화륜을 진정시키면서 아무 말 없이 유세화의 검무를 조용히 지켜봤다.

성화의 기운을 머금은 것을 제외하고 유세화의 검무 자체는 딱히 흠잡을 곳이 없었다.

초식과 초식 간의 연계도 면면부절하게 이어져서 마치 원래부터 만형검로가 연환검식이었다고 느낄 정도로 자연스러웠다.

이윽고 검무가 끝나자마자 유세화의 목검에 어렸던 성화의 기운은 흔적도 없이 사라져 버렸다. 마치 그것으로 제 역할은 다 했다는 것처럼.

그렇기에 유세화는 조금 전에 자신이 무얼 한 건지 미처 깨닫지 못하고, 그저 두 눈을 감은 채 방금 전의 검무가 남긴 여운에 취할 따름이었다.

이신은 그런 그녀를 섣불리 건드리지 않고, 가만히 내버려둘 따름이었다.

이번 검무로 인해서 그녀의 만형검로의 경지는 한 단계 위로 껑충 뛰어올랐다.

그것이 좀 전의 성화 덕분인지 아닌지까지는 잘 모르겠으나, 어쨌든 원래보다 더 높은 경지를 경험한 것은 엄연한 사실.

그를 통해서 느낀 바를 온전히 자신의 것으로 체화하는 데에는 당연히 어느 정도의 시간이 필요했다. 그건 무인에게 있어서 매우 중요한 순간이었다.

그걸 잘 알기에 이신은 결코 서두르지 않고, 그저 유세화가 빨리 깨달음을 수습하기만을 기다렸다.

또한 그는 행여나 누가 이쪽으로 오지 않도록 은연중에 무형의 기막을 펼쳐서 아예 접근 자체를 막아버렸다.

그렇게 장내에 침묵만이 감도는 가운데, 약 반 시진 정도의 시간이 흐르고 나서야 유세화는 비로소 감고 있던 눈을 떴다.

"아……!"

유세화는 대뜸 뭔가 아쉬운 듯 탄성을 내질렀다.

깨달음을 수습하는 과정에서 지금보다 상승의 단계로 나아
갈 수 있는 단초를 발견했으나, 현재 자신의 실력으로는 언감
생심이라는 것을 깨달았기에 나온 탄성이었다.

하지만 마냥 실망하거나 절망하지는 않았다.

어디까지나 '현재' 자신의 실력으로 힘들 뿐, 나중에도 그러
라는 보장은 없었기 때문이다.

그렇기에 유세화는 다짐했다. 언젠가 자신의 힘으로 저 벽
을 뛰어넘고 말겠다는 투지와 의욕이 그녀의 두 눈에서 강하
게 엿보였다.

불과 보름 전까지는 상상조차 할 수 없는 모습이요, 변화였
다.

그만큼 그녀가 무공 수련에 푹 빠졌다는 증거이기도 했다.

그런 유세화의 모습을 일견 대견하다는 듯, 그러나 한편으
로는 걱정된다는 얼굴로 바라보던 이신은 살짝 기척을 내면서
그녀에게 다가갔다.

"어머, 가가. 언제부터 거기에 계셨어요?"

"얼마 안 됐어. 그보다 몸에 이상은 없어?"

"이상이요?"

유세화는 이신의 말에 반문하면서 자신의 몸을 위아래로
훑어봤다.

특별히 이상한 부분은 없었다.

오히려 만형검로를 마치고 난 다음인지라 평소보다 활력이 넘치고, 몸 전체가 깃털처럼 가볍게 느껴지는 게 가히 최상의 몸 상태라고 해도 과언이 아니었다.

"아뇨. 이상한 부분은 전혀 안 느껴지는데요?"

유세화의 대답에 이신은 고개를 내저었다.

"좀 더 자세히 살펴봐. 뭔가 몸속에 기존의 것과 다른 기운이 느껴지는 것 같지는 않아?"

"다른 기운이요?"

평소와 달리 뭔가 심상치 않은 이신의 태도에 유세화는 그 자리서 곧장 심법을 운용해 봤다.

하지만 단순히 일주천을 넘어서 심법을 여러 번 반복해서 운용해 봐도 특별히 걸리는 부분이나 이질적인 기운 같은 것은 전혀 느낄 수 없었다.

이에 유세화가 의아한 표정으로 그를 바라보자 이신의 눈빛이 살짝 가라앉았다.

'본인은 전혀 못 느끼는 건가?'

좀 전에 유세화의 목검에 어린 백광은 분명 성화의 기운이었다.

이신의 배화륜이 반응했다는 게 그 증거였다.

한데 정작 유세화 본인은 아무것도 느낄 수 없다니.

이신은 곧장 유세화의 맥문을 붙잡았다.

갑작스러운 그의 접촉에 유세화의 얼굴이 살짝 붉어졌지만, 정작 이신의 손길을 내치거나 하지는 않았다.

이에 이신은 별다른 어려움 없이 곧장 그녀의 몸에다 자신의 진기를 흘러 넣었다.

그러자 그간 만형검로의 수련으로 단련된 유세화의 혈맥을 거침없이 누비는 이신의 진기.

마치 뜨거운 용암이 온몸을 누비는 듯한 착각에 유세화의 얼굴이 살짝 들떴지만, 그렇다고 해서 두려움에 사로잡히거나 하지는 않았다.

이신이 뭔가 자신의 몸에 이상이 있다고 하면 분명 문제가 있는 것이다.

그만큼 이신에 대한 그녀의 믿음은 굳건한 것을 넘어서 신앙에 가까웠다.

덕분에 얼마 지나지 않아 이신은 마침내 발견할 수 있었다.

유세화의 단전에 조용히 똬리를 튼 채 꿈쩍도 하지 않는 성화의 기운을.

'찾았군.'

이신은 망설이지 않고 배화공의 구결을 운용했다. 그러자 심장 어림의 배화륜이 회전하기 시작했다.

끼리릭— 끼리리릭—!

배화륜의 회전음에 이끌리듯 천천히 유세화의 몸에서 이신의 몸으로 천천히 이동하는 성화의 기운!

별생각 없이 그것을 받아들이는 순간, 이신의 눈이 찢어질 듯 커졌다.

'허억!'

뜨겁다.

지금껏 여러 차례 성화의 기운을 흡수했지만, 이 정도까지 정순하지는 않았다.

마치 심산유곡의 일급 청정수와 뿌연 흙탕물 정도의 차이라고나 할까.

단순히 정순함에서만 차이가 나는 게 아닌 듯 성화의 기운을 흡수한 배화륜에도 적잖은 변화가 일어났다.

우우웅—!

성화의 기운과 반응할 때와 비슷한 공명음과 함께 분명히 다른 일곱 개의 배화륜에 비해서 작고 가늘었던 여덟 번째 배화륜이 단숨에 배로 커졌다.

이전까지 그만한 크기로 성장시키려면 적어도 일 년 이상의 시간과 노력이 필요했던 걸 생각하면, 그야말로 사기에 가까운 현상이었다.

그렇게 이신은 유세화의 몸 안에 있던 성화의 기운을 완전히 흡수하는 데 성공했다.

하지만 그의 표정은 밝기는커녕 도리어 아까 전보다 더 딱딱하게 굳어졌다.

"왜 그러세요, 가가?"

"……."

유세화의 물음에도 이신은 아무런 반응도 보이지 않았다. 그저 두 눈을 감은 채 조용히 생각에 잠길 뿐이었다.

그렇게 얼마의 시간이 흘렀을까.

이신이 감고 있던 눈을 천천히 뜨면서 말했다.

"아무래도 이야기하지 않으면 안 될 것 같군."

"뭘요?"

"안 그럼 무슨 말인지 이해가 안 될 테니까."

"그러니까 뭘 말이에요."

이신이 계속 알 수 없는 말만 늘어놓자 유세화는 내심 답답해졌다.

결국 그녀가 한마디 하려는 찰나, 이신이 먼저 선수를 쳤다.

"화매, 혹시 배교가 뭔지 알아?"

대략적인 배교의 역사부터 시작해서 마교 측에 승복하여 붙은 배교의 무리가 훗날 지금의 오대마종의 일원인 염마종이 되었다는 것까지 이신은 유세화에게 자신이 알고 있는 사실들을 숨김없이 다 털어놨다.

그리고 그런 과정에서 이신은 불가피하게도 지금껏 숨기고 있던 비밀까지 밝힐 수밖에 없었다.

"그럼 가가께서는……."

"그래. 난 마교의 타격대인 혈영대의 대주였고, 당대 염마종 주야."

"아아……!"

순간 유세화의 눈동자가 좌우로 흔들렸다.

설마 이신이 마교의 마인이었다니.

그것도 수뇌부급이라 할 수 있는 오대종주 중 한 명이라니.

이 엄청난 사실을 어찌 받아들여야 하나 싶었지만, 곧 그녀는 간신히 평정을 되찾았다.

'그래, 가가는 마인이야. 아니, 마인이었어.'

비록 과거는 어떨지 몰라도. 지금의 이신은 마교를 떠나서 양부 이극력의 뒤를 이어서 정천무관의 관주로서 새 출발을 했다.

정마대전도 끝난 판국이니 딱히 그와 대놓고 적대시할 필요도 없었다.

거기다 그는 유가장의 은인이었다.

금와방에게 빼앗긴 포목점 사업체를 되찾아 준 것부터 시작해서 생사결에서의 승리, 거기다 최근에는 마의를 데려와서 가주 유정검의 주화입마를 치료한 것까지…….

그야말로 평생을 갚아도 모자랄 정도로 유가장은 그에게 큰 은혜를 입었다.

그런 가문의 은인을 어찌 마인이라고 비난하거나 외면할 수 있겠는가.

더욱이 그런 게 아니더라도 유세화에 있어서 이미 이신은 그 무엇과도 바꿀 수 없는 더없이 소중한 존재였다.

처음에 그녀가 혼란스러워한 것은 어디까지나 마음의 준비가 덜 된 상태였기 때문일 뿐, 그 이상도 이하도 아니었다.

이제는 어떤 진실이라도 받아들일 마음의 준비가 되었는지 유세화는 애써 침착한 음성으로 말했다.

"그래서 그걸 제게 말씀하시는 이유가 뭐죠?"

어쩌면 영원히 모를 수도 있었던 이신의 비밀, 그걸 이제 와서 제 입으로 밝힌 이유가 뭘까?

오히려 유세화는 그 점이 더 궁금했다.

그녀의 물음에 이신은 자못 덤덤한 말투로 답했다.

"화매가 흑월에 노려지는 이유가 뭔지 이제는 대충 알겠으니까."

"그건 제가 배교의 신녀라서가 아닌가요?"

앞서의 설명으로 흑월이 배교의 잔당이고, 더불어 자신이 배교의 신녀라는 것까지 확실히 알게 된 유세화였다.

한데 자신이 노려지는 이유가 단순히 그것뿐만이 아니었단 말인가?

"그들은 단순히 신녀라는 상징적인 존재 따위를 원하는 게 아니야. 만약 그런 거라면 아무 여인이나 골라서 신녀의 자리에 앉히면 그만이겠지."

하지만 이번 일을 통해서 알게 되었다.

흑월이 유세화를 노리는 궁극적인 이유가 무엇인지를.

"화매에게는 남들에게 없는 특별한 능력이 있어."

"특별한 능력이요?"

당장 이신이 무슨 소리를 하는 건지 퍼뜩 이해가 되질 않았다.

백문이 불여일견.

이신은 덥석 유세화의 맥문을 잡았다. 그리고 그녀가 뭐라고 할 새도 없이 진기를 흘러 넣었다.

아까전과 별다른 것 없이 보이는 행동.

그러나 이번에 그가 유세화의 몸 안에 흘러 넣은 진기는 배화공의 내력이 아니었다.

그것은 바로 그가 미처 다 흡수하지 못한 성화의 기운이었다.

이제껏 그가 흡수한 성화의 조각은 모두 두 개.

진백의 것은 이미 다 완전히 흡수했지만, 환혼빙인으로부터 얻은 조각은 아직 다 흡수하지 못한 채 배화륜 주변을 맴돌고 있었다.

그중 일부를 유세화에게 흘려보낸 것이다.

일반적인 상식대로라면 이신처럼 배화구륜공을 익히지 않은 이상, 그것을 흡수하기는커녕 도리어 기존의 내력과 충돌해서 큰 내상을 입어야 마땅했다.

하나 그녀의 몸에 들어가는 순간, 성화의 기운은 마치 원래부터 하나였다는 것처럼 너무나 자연스럽게 유세화의 단전에 녹아들었다.

그걸 확인하는 순간, 이신의 눈빛이 심유해졌다.

'역시 내 짐작이 맞았어.'

놀랍게도 유세화는 배화공의 도움 없이도 성화의 기운을 흡수했다.

어찌 그게 가능하냐는 중요한 게 아니었다.

중요한 것은 이후에 벌어질 일들이었다.

"이제 만형검로를 펼쳐 봐, 화매."

"네."

유세화는 군말 없이 목검을 들고 그 자리서 만형검로를 펼쳤다.

그러자 초식을 펼치는 중간에 다시금 그녀의 목검에 새하얀 광채가 피어올랐다.

동시에 이신의 배화륜도 나지막한 공명음을 자아냈다.

이로서 확실해졌다.

'화매에게는 성화의 기운을 흡수하고, 또 그걸 정화하는 능력이 있었어.'

이것이 흑월이 그녀를 노리는 진짜 이유였다.

그리고,

―우리의 소중한 아이를 지켜다오.

그 말에 담긴 진정한 의미가 뒤늦게 이신의 양어깨를 무겁게 짓누르기 시작했다.

『대무사』 5권에 계속…

초대형 24시 만화방

신간 100%, 샤워실, 흡연실, 수면실(침대석), 커플석, 세탁기 완비

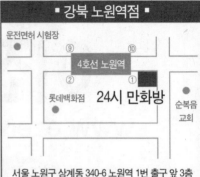

▪ 강북 노원역점 ▪

운전면허 시험장

⑨ ⑩

4호선 노원역

② ①

롯데백화점 24시 만화방 순복음 교회

서울 노원구 상계동 340-6 노원역 1번 출구 앞 3층
02) 951-8324 (화용빌딩 3층)

▪ 일산 정발산역점 ▪

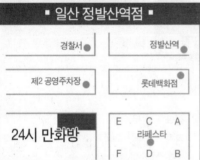

경찰서 정발산역

제2 공영주차장 롯데백화점

24시 만화방

E C A
라페스타
F D B

라페스타 E동 건너편 먹자골목 내 객잔건물 5층
031) 914-1957

▪ 일산 화정역점 ▪

덕양구청

③ ④

화정역

② ①

세이브존

롯데마트 이마트

24시 만화방 화정중앙공원 화정동 성당

경기도 고양시 덕양구 화정동 984번지 서일빌딩 7층
031) 979-4874 (서일사우나 건물 7층)

▪ 부천 역곡역점 ▪

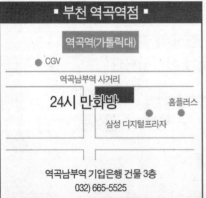

역곡역(가톨릭대)

CGV

역곡남부역 사거리

24시 만화방 홈플러스

삼성 디지털프라자

역곡남부역 기업은행 건물 3층
032) 665-5525

▪ 부평역점 ▪

시장로터리

부평문화의거리

한남시티프라자 24시 만화방 나들가게

부평
지하상가 부평1번가 춘천집 부평점

(구) 진선미 예식장 뒤 보스나이트 건물 10층
032) 522-2871

내일을 향해 쏴라

김형석 장편 소설

FUSION FANTASTIC STORY

1만 시간의 법칙!
'성공은 1만 시간의 노력이 만든다' 는 뜻이다.

그러나…
사회복지학과 복학생 수.
전공 실습으로 나간 호스피스 병동에서
미지와 조우하다.

1만 시간의 법칙?
아니, 1분의 법칙!

전무후무한 능력이 수에게 강림하다!
맨주먹 하나로 시작한 수의
인생역전이 시작된다!

Book Publishing CHUNGEORAM

유행이 아닌 자유추구 —
WWW.chungeoram.com

허담 新무협 판타지 소설
FANTASTIC ORIENTAL HEROES

전왕의 검

신력을 타고났으나 그것은 축복이 아닌 저주였다.

『십자성 - 전왕의 검』

남과 다르기에 계속된 도망자의 삶.
거듭된 도망의 끝은 북방 이민족의 땅이었다.
야만자의 땅에서 적풍은 마침내 검을 드는데……!

"다시는 숨어 살지 않겠다!"

쫓기지 않고 군림하리라!
절대마지 십자성을 거느린
적풍의 압도적인 무림행이 시작된다!

paráclito

빠라끌리또

FUSION FANTASTIC STORY

가프 장편 소설

막장 비리 검사가
최고의 검사로 거듭나기까지!
그에겐 비밀스러운 친구가 있었다.

『빠라끌리또』

운명의 동반자가 된 '빠라끌리또'가 던진 한마디.

-밍글라바(안녕하세요)!

그 한마디는 막장 비리 검사, 송승우의
모든 것을 통째로 리뉴얼시켜 버렸다.

빠라끌리또=Helper, 협력자, 성령.

Book Publishing CHUNGEORAM

유행이 아닌 자유추구 -
WWW.chungeoram.com

철백 新무협 판타지 소설

FANTASTIC ORIENTAL HEROES

大武

대무사

피와 비명으로 얼룩진 정마대전의 종결.
그리고…

"오늘부로 혈영대는 해산한다."

혈영대주 이신.
혈영사신(血影死神)이라고 불리는 그가
장장 십오 년 만에 귀향길에 올랐다.

더 이상 전쟁의 영웅도, 사신도 아니다!

무사 중의 무사, 대무사 이신.
전 무림이 그의 행보를 주목한다!

Book Publishing CHUNGEORAM

유행이 아닌 자유추구─
WWW.chungeoram.com